CB033897

Sempre Caro

Outros títulos da Coleção Negra:

Noir americano – Uma antologia do crime de Chandler a Tarantino, editado por Peter Haining • ***Los Angeles – cidade proibida***, de James Ellroy • ***Negro e amargo blues***, de James Lee Burke • ***Sob o sol da Califórnia***, de Robert Crais • ***Bandidos***, de Elmore Leonard • ***Tablóide americano***, de James Ellroy • ***Procura-se uma vítima***, de Ross Macdonald • ***Perversão na cidade do jazz***, de James Lee Burke • ***Marcas de nascença***, de Sarah Dunant • ***Crime no colégio***, de James Hilton • ***Noturnos de Hollywood***, de James Ellroy • ***Viúvas***, de Ed McBain • ***Modelo para morrer***, de Flávio Moreira da Costa • ***Violetas de março***, de Philip Kerr • ***O homem sob a terra***, de Ross Macdonald • ***Essa maldita farinha***, de Rubens Figueiredo • ***A forma da água***, de Andrea Camilleri • ***O colecionador de ossos***, de Jeffery Deaver • ***A região submersa***, de Tabajara Ruas • ***O cão de terracota***, de Andrea Camilleri • ***Dália Negra***, de James Ellroy • ***Rios vermelhos***, de Jean-Christophe Grangé • ***Beijo***, de Ed McBain • ***O executante***, de Rubem Mauro Machado • ***Sob minha pele***, de Sarah Dunant • ***Jazz branco***, de James Ellroy • ***A maneira negra***, de Rafael Cardoso • ***O ladrão de merendas***, de Andrea Camilleri • ***Cidade corrompida***, de Ross Macdonald • ***Tiros na noite***, de Dashiell Hammett • ***Assassino branco***, de Philip Kerr • ***A sombra materna***, de Melodie Johnson Howe • ***A voz do violino***, de Andrea Camilleri • ***As pérolas peregrinas***, de Manuel de Lope • ***A cadeira vazia***, de Jeffery Deaver • ***Os vinhedos de Salomão***, de Jonathan Latimer • ***Uma morte em vermelho***, de Walter Mosley • ***O grande deserto***, de James Ellroy • ***Réquiem alemão***, de Philip Kerr • ***Cadillac K.K.K.***, de James Lee Burke • ***Metrópole do medo***, de Ed McBain • ***Um mês com Montalbano***, de Andrea Camilleri • ***A lágrima do diabo***, de Jeffery Deaver • ***Sempre em desvantagem***, de Walter Mosley • ***O coração da floresta***, de James Lee Burke • ***Dois assassinatos em minha vida dupla***, de Josef Skvorecky • ***O vôo das cegonhas***, de Jean-Christophe Grangé • ***6 mil em espécie***, de James Ellroy • ***O vôo dos anjos***, de Michael Connelly • ***Uma pequena morte em Lisboa***, de Robert Wilson • ***Caos total***, de Jean-Claude Izzo • ***Excursão a Tíndari***, de Andrea Camilleri • ***Mistério à americana***, organização e prefácio de Donald E. Westlake • ***Nossa Senhora da Solidão***, de Marcela Serrano • ***Ferrovia do crepúsculo***, de James Lee Burke • ***Sangue na lua***, de James Ellroy • ***A última dança***, de Ed McBain • ***Mistério à americana 2***, organização de Lawrence Block • ***Mais escuro que a noite***, de Michael Connelly • ***Uma volta com o cachorro***, de Walter Mosley • ***O cheiro da noite***, de Andrea Camilleri • ***Tela escura***, de Davide Ferrario • ***Por causa da noite***, de James Ellroy • ***Grana, grana, grana***, de Ed McBain • ***Na companhia de estranhos***, de Robert Wilson • ***Réquiem em Los Angeles***, de Robert Crais • ***O macaco de pedra***, de Jeffery Deaver • ***Alvo virtual***, de Denise Danks • ***O morro do suicídio***, James Ellroy

Marcello Fois

Sempre Caro

PREFÁCIO DE

Andrea Camilleri

TRADUÇÃO DE

Eliana Aguiar

EDITORA RECORD
RIO DE JANEIRO • SÃO PAULO
2004

CIP-Brasil. Catalogação-na-fonte
Sindicato Nacional dos Editores de Livros, RJ.

Fois, Marcello, 1960-
F694s Sempre caro / Marcello Fois; prefácio de Andrea Camilleri; tradução de Eliana Aguiar. – Rio de Janeiro: Record, 2004.
112p. : . – (Coleção Negra; 70)

Tradução de: Sempre caro
ISBN 85-01-06674-5

1. Romance italiano. I. Aguiar, Eliana. II. Título. III. Série.

04-0160 CDD – 853
CDU – 821.131.1-3

Título original italiano:
SEMPRE CARO

Capa e projeto gráfico: Glenda Rubinstein
Composição: DFL
Ilustração de capa: César Lobo

Originalmente publicado por Edizioni Frassinelli, Milão, Itália

Publicação feita mediante acordo com Linda Michaels Limited, International Literary Agents.

Direitos exclusivos de publicação em língua portuguesa adquiridos pela
DISTRIBUIDORA RECORD DE SERVIÇOS DE IMPRENSA S.A.
Rua Argentina 171 – Rio de Janeiro, RJ – 20921-380 – Tel.: 2585-2000
que se reserva a propriedade literária desta tradução

Impresso no Brasil

ISBN 85-01-06674-5

PEDIDOS PELO REEMBOLSO POSTAL
Caixa Postal 23.052
Rio de Janeiro, RJ – 20922-970

a Francesco Olla

Sumário

Prefácio

Diante do prefácio de um livro reajo de três maneiras: pulo; só levo em consideração depois de ter lido o livro; só leio antes quando julgo que encontrarei informações e dados úteis para a compreensão do texto. Portanto, encontrando-me agora na posição do prefaciador, aconselho o leitor a recorrer ao segundo dos meus sistemas. Dê uma olhada no prefácio após ter lido este romance de Marcello Fois, assim não terei tido a pretensão de guiar aqueles que lêem, ganhando portanto a liberdade de exprimir a minha opinião, que consiste em uma espécie de comentário à leitura. Um prefácio que se desejaria posfácio.

Duas premissas. Encontrei Fois apenas duas vezes, trocamos umas poucas palavras. Nunca tinha lido nada dele antes deste *Sempre caro*.

Já de início direi que minha surpresa é francamente notável. E não o digo por motivos de circunstância. Vejamos: em *Sempre caro*, Fois conta a história de uma investigação realizada por um advogado que defende um rapaz acusado de furto. O jovem, inexplicavelmente, não só se encontra foragido, como parece querer destruir as possíveis provas a seu favor. Trata-se, portanto, de um "policial" *sui generis*, cuja peculiaridade é acentuada pelo fato de a história se passar no final do século XIX e ser ambientada nos ásperos campos da Sardenha. Como todos sabem, um "policial" não-urbano é realmente pérola rara. Mas a partir desse momento não falarei mais de "policial", soa reducionista. Romance, simplesmente. E com todos os requisitos necessários. Considerem, por exemplo, a estrutura. Vale-se de pelo menos três vozes narrantes: a do autor, a do pai do autor (que é quem narra a história) e a do advogado-investigador. Isso comporta uma singular justaposição de angulações perspectivas (prova disso é a passagem contínua da primeira para a terceira pessoa) e uma fascinante decomposição do tempo narrativo.

E há o fascínio da escrita de Fois, que consiste em uma sábia, calculadíssima mistura entre língua e dialeto. "Quando busco uma palavra que tenha um som diverso, que traga também uma especificação mais precisa, uso o sardo. Creio ser essa a contribuição que cada etnia regional devia dar." Estas são palavras de Sergio Atzeni. A habilidade de Fois consiste em usar a língua como uma espécie de engaste capaz de receber a palavra dialetal para transformá-la, justamente, em uma "especificação mais precisa", sem que, entretanto, a tal palavra brilhe como um diamante solitário, mas, ao contrário, insira-se perfeitamente no *continuum* da narração.

Enfim, releiam, que sei eu, a seqüência que começa com "Assim eu ia, aparentemente sem uma meta precisa", ou mesmo a última, que começa com "Eis que chega outro verão". Bem, aqui, sorrateiramente, Fois deixa entrever uma outra face, aquela de um poeta autêntico. Não me tinha acontecido, nos últimos tempos, deparar com um narrador que tivesse um tão profundo, lucreciano, eu diria, sentido da natureza e junto com ele a capacidade de transmiti-lo.

Andrea Camilleri

Sempre caro

A MIM, QUEM ASSIM ME CONTOU FOI MEU PAI.

E seria que Bustianu estava indo, sozinho, fazer o seu passeio no monte depois de comer. O sempre caro.

Aquela meia dúzia de passos, ele a chamava assim: sempre caro, como a poesia de Leopardi: *sempre caro mi fu quest'ermo colle**...

Além disso, para a precisão dos fatos, quando dizia sempre caro não é que quisesse dizer o monte, queria simplesmente dizer "ir a tomar a fresca nas alturas": olhar o panorama e a bestiagem e tomar um pouco de ar, pois lá pelas nossas bandas quando faz calor, faz calor.

(...) Contou que o viram pensativo: como sempre, quando tinha uma causa difícil. Pois tudo se podia dizer dele, menos que não levava a sério o seu trabalho. Na Corte de Justiça, não conhecia cansaço e quem confiava nele sabia que tudo aquilo que havia a fazer, seria feito. E não pelo dinheiro! Meu pai uma vez contou que falou para ele: "Aquele que tem dinheiro sai inocente, seu avogá!" E contou que ele o olhou bem nos olhos e abriu um daqueles sorrisos largos, que só ele sabia fazer, e deu de ombros. E que, depois de um tempinho, falou: "Zommarì", que meu pai de

---

* Literalmente, sempre caro me foi este ermo monte. (*N. da T.*)

nome de batismo tinha Giovanni Maria, "su dinare non fachet lezze"*!

Em suma, eram muitas as vezes em que defendia por nada, mas no fim ele tinha a paga do mesmo jeito, pois era respeitado por todos. Em suma: não padecia de fome. E havia quem estivesse pior, como em todas as situações, e a gente não está contando nenhuma grande novidade.

Seguia pensativo, a causa não estava andando bem e seu defendido estava foragido.

O defendido era um jovem que vinha a ser parente daqueles lá de Portapanni, que moravam no Contone e cuja mãe, tia Rosina, fazia pães e doces, é isso, que ela vendia em casa. Uns senhores doces, tanto que ela nem dava conta das encomendas que vinham até de Orgòsolo. E isso já diz tudo!

Em suma, o filho dessa dona, Zenobi, um rapaz que era uma maravilha, louro e com os olhos da cor do céu, tinha se metido em confusão no final do mês de dezembro, justamente por volta do Ano-Bom, por conta de certas cabeças de gado que haviam desaparecido, e parece que ele tinha alguma coisa a ver. Em suma, fala daqui, fala dali, ele foi acusado de roubar uns carneiros para vender por conta própria.

Então a mãe, assim que pôde, foi procurar o Bustianu, toda bem arrumada com touca bordada e avental de filó...

— Seu avogá, isso não é coisa do meu filho, que eu devo conhecer bem, não acha? O senhor tem que defendê-lo pra mim, que o senhor que é pessoa importante, eles escutam: diga quanto é, só isso.

— Ele tem de se entregar, se continuar na lista dos foragidos a coisa fica mais difícil.

* Expressão em língua sarda: "Não se faz lei baseada em dinheiro!" (*N. da T.*)

— Ele não quer nem ouvir falar, o senhor pensa que eu não falei? Eu aqui, eu disse que se ele se colocasse nas mãos da Justiça, era melhor para ele. Tanto, falta grave ele não tinha cometido nenhuma. Mas o senhor sabe muito bem: quem não tem padrinho no tribunal...

— E ele?

— E ele nada: diz que não tem nada a ver, que isso é coisa feita, das grandes. Se o senhor visse, seu avogá, está irreconhecível: sujo, magro... Meu filho!

— Não, não, isso não. Sente-se e enxugue os olhos. E a senhora, o que disse aos carabineiros* quando vieram pegá-lo?

— Que não estava em casa, ora! O que mais eu podia dizer?

— Mas a senhora não disse que seu filho estava fora de Nùoro há dois dias?

— É, isso também.

— Fora de Nùoro onde, exatamente?

— Ora, seu avogá, fora de Nùoro, como se faz pra saber essas coisas de certeza? Graças a Deus, Zenobi já é um homem. Não é mais criança de peito, seu avogá!

— Tudo bem, certo. Mas se vou defendê-lo, é melhor a senhora deixar dessas coisas... Agora tome uns minutinhos para pensar, ponha-se a seu gosto e me conte tudo: de fio a pavio.

Estava sentada na minha frente. Pequena. Bem-posta com a roupa das grandes ocasiões. Disse que naquela noite do final de dezembro a sua vida se acabara quando, fazendo às vezes de comandante da guarnição local da Real Arma dos Carabineiros por ausência do encarregado oficial em razão de transferência, o *brigadiere* **

---

* Do italiano *carabiniere:* a Arma dos carabineiros tem, na Itália, função de polícia militar e manutenção da ordem pública. (*N. da T.*)

** Brigadeiro, posto correspondente ao de cabo, nos carabineiros. (*N. da T.*)

Poli, Arturo, apresentou-se à porta de sua casa. "Aquela que o senhor está vendo é uma morta, seu avogá!", disse a tia Rosina. E chorou longamente, em silêncio, puxando um lencinho cândido do punho da blusa preta. Aquele seu filho era um anjo, era só o que conseguia balbuciar. Que mal não sabia fazer, que sempre trabalhara a serviço e que ninguém nunca reclamara, que até os patrões o queriam bem como a um filho.

De fato, o depoimento de Bartolomeo e Cosma Casùla Pes acabou por ser, para todos os efeitos, desse ponto de vista, um verdadeiro atestado de estima em relação a Zenobi. Mas ficaram ofendidos de que um desfalque daqueles — nove carneiros surrupiados e vendidos *per spuntini de sa prima die 'e s'annu** fosse obra justamente do empregado em quem mais confiavam. Justo aquele que entrava na casa deles e se servia sozinho se estivesse com fome, que não precisava nem pedir posso, dá licença e coisas do gênero...

E além do mais, tinha o problema de Sisinnia pois, em suma, todos sabiam que existia uma certa simpatia entre os dois jovens. *Ca isso fit bellu pro narrere bellu, ma issa puru!*** Uma Nossa Senhorazinha, miúda e delicada como porcelana. E parece até que Cosma Casùla Pes, o pai, nem estava tão descontente com essa simpatia, embora Sisinnia só tivesse dezessete anos e Zenobi vinte e quatro. Pois essas não são diferenças que contam, que o homem seja assim um pouco mais velho é até melhor. Nada de oficial, por caridade, afinal ela quase nem podia olhar pro lado, de tanto que era vigiada a todo instante.

Tinha dois olhos verdes, Sisinnia, e cabelos escuros como piche. Pretendentes não lhe faltavam e até propostas vantajosas.

---

* Expressão em língua sarda: literalmente, "por tira-gostos de primeiro dia de ano", ou seja, a preço de banana. (*N. da T.*)

** Expressão em língua sarda: "Que aquele ali era bonito, bonito de verdade, mas ela também!" (*N. da T.*)

Um orgolês abastado, por exemplo, um sujeito que nem conseguia lembrar de tudo que tinha, recém-viúvo, deu o tempo do luto fechado e se apresentou aos Casùla Pes com uma proposta de matrimônio. Mas a coisa não foi adiante porque o tal orgolês já ia muito avançado nos anos e Sisinnia não quis nem ouvir falar, bateu o pé: "Nem morta!"

O pai não lhe negava nada. E por isso mesmo, talvez, vista a simpatia, ele nada dissesse do fato de Zenobi não desagradar a Sisinnia. Devo dizer que aqui pelas nossas bandas homem muito bonito demais não é bem-visto; já a mulher, nunca é bonita que baste! De todo modo, a coisa podia se arranjar, com os passos certos: falar com o pai, pedir permissão para encontrar a moça, em seguida visitá-la, nunca sozinhos, e finalmente acabava saindo o noivado propriamente dito.

Os problemas começaram nessa altura dos fatos: e quem puder que entenda.

Quer dizer, *fachere birgònza pro carchi anzòne*...*

Não parecia coisa de Zenobi. Isso qualquer um podia dizer. Quiseram tirá-lo do caminho. Que sei eu, talvez algum outro que tivesse posto os olhos naquela pintura que era Sisinnia.

Talvez a própria mãe, Dolores Casùla Pes, que dessa hipótese de casamento não queria nem ouvir falar.

Como se ela fosse alguém antes de se casar: era filha de uma que dava serviço nos Siottto, filha de uma teracca**, nem um tico mais que isso. O dote quem deu foi dona Luigia Siotto em pessoa, não fosse isso ela não tinha nem lágrima no olho pra chorar. Ainda mais que o pai tinha morrido na África. Portanto, não é que Dolores Casùla Pes, que de apelido tinha Bussu, tivesse vindo de sabe-se lá que grande família...

---

* Expressão em língua sarda: "passar vergonha por umas canções", ou seja, por algumas migalhas. (*N. da T.*)

** Em língua sarda: "empregada". (*N. da T.*)

— Se alguém não pensar na gente humilde, seu avogá... A gente não tem muito, mas o pouco que tem é nosso. O importante é que se esclareça essa história. Essa maldição que caiu na cabeça da gente.

— Preciso falar com ele. Se não, como é que vou poder fazer alguma coisa?

— Ai, que ele não confia em ninguém. Até para mim só aparece sem avisar. Mas quem sabe com calma convenço ele a encontrar o senhor...

(...) Tia Rosa disse portanto que Zenobi não tinha sossego, que estava sempre inquieto naquele período. Desde quando inventaram a tal história dos carneiros. E sentia-se ofendido porque ninguém dera mostra de duvidar de sua culpa. "Os problemas são outros!", dissera à mãe um pouco antes de resolver desaparecer. De fato, era difícil para mim compreender a dinâmica dos fatos. Zenobi estivera a serviço dos Casùla Pes ininterruptamente durante seis anos, período em que sua conduta sempre pareceu exemplar, a tal ponto que apenas dois anos antes dos acontecimentos deramlhe autorização para fechar uma compra e venda de ovelhas no lugar dos patrões. O negócio se concluiu bem, tanto que Zenobi podia contar com dez cabeças suas nos pastos, junto com aquelas de *sos meres*. No final do mês de setembro, acompanha *sa meres* e *sa merichedda** a Lula para a novena de São Francisco, organiza as provisões para a incumbência e se ocupa do reabastecimento fazendo, a cada dois dias, quatro, cinco horas a cavalo para ir e o mesmo tanto para voltar.

Talvez aquela tenha sido a fase crucial de toda essa história. Parece que estou vendo Sisinnia e Zenobi que se olham sem olhar

* Em língua sarda, respectivamente, "seus patrões" e "a patroa e a patroinha" (*N. da T.*)

durante todo o trajeto. Ele a cavalo com o colete azul aberto sobre o peito da camisa. Ela velada de branco, como para se casar, a cabeça inclinada, sacudida pelos solavancos do carro de boi e pelo tufo louro dos cabelos dele que, sem o barrete, lhe acaricia a fronte ao ritmo do galope. E dona Dolores que rumina, *ca no est tonta...**

— Preciso pensar. A senhora está me pedindo para correr com os pés atados, entende. E além do mais, minha tia, a senhora só veio tomar alguma providência depois de sete meses!

— Parecia tudo certo, seu avogá, tudo certo. Que no início falaram que com uma contravenção se resolvia tudo! Mas a Zenobi, quem pode convencê-lo?

— Tenho que pensar. Volte esta tarde e veremos.

— Depois que o senhor tiver almoçado, seu avogá?

— Não, mais tarde, por volta das cinco, depois do almoço quero dar quatro passos para pensar melhor.

— Que Deus o ilumine, às cinco então?

— Às cinco, às cinco está bom...

Assim, depois do almoço tinha se encaminhado para Biscollai, que então era um bom pedaço fora da cidade. O horário, que ainda não era uma da tarde, é coisa certa, confirmada. Porque tia Nevina, que estava estendendo a roupa justo quando ele, Bustianu, estava passando, fez um aceno de respeito e saudação e depois, como era um pouco *contularia***, lhe dirigiu a palavra:

— E então, seu avogá, passeando a essa hora?

Que era quente, lá isso era, contava meu pai, de assar um cristão nas estradas. Assim, pela preocupação com o calor, justamente,

* Em língua sarda: "que ela não é boba". (*N. da T.*)

** Em língua sarda: "faladeira". (*N. da T.*)

se pode explicar aquela pergunta de tia Nevina, que de qualquer forma bem que podia tratar da sua própria vida. Mas ele, Bustianu, que era uma ótima pessoa, e poucos eram como ele, dizem que tocou a aba do chapéu, assim para cumprimentar, e seguiu o seu caminho sem dar explicações.

Para o tal lugar, isso meu pai sabia, porque justo naquela manhã, do lado de fora do tribunal, tinha abordado Bustianu, pedindo um conselho de advogado por causa de certas questões de títulos protestados que um primo seu dizia ter pago e o tribunal dizia que não. Assim, Bustianu disse que voltasse no dia seguinte porque precisava se informar, já que aquela prática era coisa de tribunal civil e ele, ao contrário, era um advogado que defendia questões penais. Disse também que só poderiam se encontrar no dia seguinte, pois naquela tarde estava ocupado. Que estava indo na direção de Biscollai para dar uma volta porque tinha uma decisão importante a tomar. Então meu pai pediu que marcasse um horário que não o perturbasse, no dia seguinte mesmo, que sei eu, talvez depois do almoço, quando ele pudesse ir incomodá-lo. E Bustianu foi logo dizendo que depois do almoço era difícil porque ele dava o seu passeiozinho, o seu *sempre caro*.

Como se costuma dizer: quem vai perto pode ir a pé, mas se é preciso ir até onde Judas perdeu as botas, que pelo menos se faça um belo tanto do caminho a cavalo, na época não existiam automóveis, e uma vez chegado, se alguém quer realmente dar uns passos, espaço é que não há de faltar.

Mas naquela tarde, Bustianu não pegou cavalo. Se não, que passeio especial era aquele? Corrijam-me se eu estiver errado!

Em suma, foi dar uma volta por sua própria conta, como todo o dia depois de almoçar: *unu calore' e mòrrere.** E não é que fosse novidade, pois que ele tinha esse hábito todo mundo sabia, até a

* Em língua sarda: "um calor de matar". (*N. da T.*)

tia Nevina, que pouco tinha para se fazer de surpresa, mas é sempre bom dizer: todo mundo também sabia que, para o seu *sempre caro*, ele ia em direção a Sant'Onofrio, e para ir a Sant'Onofrio, não tinha que passar na frente da casa da tia Nevina... Portanto, em suma, um motivo ela bem que tinha, embora, que descansem as almas, tratar da própria vidinha que é bom...

(...) Assim eu ia, aparentemente sem uma meta precisa. Justo para mover as pernas. Agradava-me que, debaixo daquele sol a pique, quando até os cães nos pátios punham-se comodamente à sombra, não houvesse vivalma ao redor. Como se às três da tarde fossem três da madrugada. Exceto pela luz. Feroz, terrível, a desenhar minha sombra no calçamento com mão firme: uma mão de tinta escuríssima. Também me agradava o perfume enxuto dos campos: de sobro, de férula e de lentisco.

Valia a pena suportar o calor, posso garantir. Ainda mais que eu seguia primeiro em descida e depois em subida até alcançar o fresco, como se o ar me chamasse para cima daquele monte onde havia promessas de refrigério. E o céu, quase branco sobre as casas tremulantes de via Majore ou de Seuna, aos poucos se fazia, a partir de Istiritta, logo após a Ponte de Ferro, mais e mais azul.

Nuvens, nem pensar: era tão seco, que as cistáceas pingavam óleo das folhas; o terreno, um pouco fora da cidade, crepitava de pilriteiros e cardos desidratados. Com o queijo nada a fazer, ele suava e ficava ácido e rachava todo. Ricota não valia a pena, de tão pouco que durava. Em suma, um calor dos infernos. Não que o resto do ano, outono ventoso, inverno gélido e primavera chuvosa, fosse melhor: as bagas de murta, que deveriam ser lustrosas e túrgidas como um rola-bosta, perdiam o viço nas moitas. E a colheita dos olivais tinha sido escassa, azeitonas pequenas e pretas iguais a cocô de cabrito, amargas feito o diabo e que até para fazer conserva mais se perdia tempo do que outra coisa. E agora esse inferno. Com as rochas que esquentavam o ar parado e as moscas varejeiras que se reuniam, buliçosas, sobre as carcaças: de gatos, de cães, de corvos e gralhas. Só a roupa lavada ficava boa, branca como lousa de gesso, mergulhada nos caldeirões de soda e cinzas e estendida nos pátios para quarar... Isso quando se conseguia recolher água suficiente para enxaguar, já que a canaleta, na lavanderia, tinha se reduzido a um fio que era uma baba de lesma.

De alguns pátios, ademais, propagava-se uma espécie de eflúvio rançoso que ardia o nariz e era uma mistura doce e picante como o cheiro de carne-seca com cominho passada, ou de vísceras de carneiro, vitelo, ovelha, cabrito, deixadas a virar papa sob a canícula. E lufadas de fumo untuoso dos fornos para o pão, caramelado de fuligem espessa.

Assim era aquela tarde, igual às tardes dos verões passados e dos verões por vir nesse pedaço de mundo que chamam de altiplano, mas é um alguidar com o fundo habitado por seis ou sete mil almas, com Catedrais e Tribunais que quase se tocam.

Um alguidar com as bordas mais belas que se possam imaginar, de rocha e musgo espesso, hirsuto e encaracolado como uma barbicha etíope. De azinheiras e zimbrais, cavalinhas e medronheiros. De funcho selvagem e chicória, de férula e de cardos. De prata e ocre, de verde em todos os matizes.

A beleza dos olhos, finalmente, e a do nariz, e a do peito e das orelhas.

Não sei por que, exatamente naquela tarde decidi mudar de percurso. Sei apenas que, ainda uma vez, queria seguir aquela beleza, alcançá-la e fugir do mormaço.

Fugir daquele silêncio perfeito, catatônico. Fugir do platô incendiado dos lajões de granito e da poeira ferruginosa que empestava o ar, para chegar ao divino cromático, ao canto obstinado das cigarras, à brisa que acariciava a vegetação.

Talvez, naquela tarde, eu me sentisse forte o bastante, louco o bastante para programar uma viagem, não um passeio. Pois de viagem se tratava, considerando o meu porte, considerando o calor, considerando que eu não tinha cavalo.

Talvez sentisse dentro de mim a necessidade de passar mais tempo, de atravessar um espaço maior, de fugir da rotina.

Sentia que precisava tomar uma decisão importante, embora nada fizesse prever que aquele seria um caso diferente de todos os outros.

Assim eu disse: hoje mudaremos, hoje eu vou para Biscollai. Disse a mim mesmo.

Sempre fui um daqueles que fala consigo mesmo. Sim, senhor. Apesar de, às vezes, não ser muito boa coisa. E digo: "Pára, Bustianu! Olha que estás exagerando." E depois repito aquilo que minha mãe sempre me disse: "Se não fosses tu contra ti mesmo, inimigo não terias, meu filho!" É, é verdade. Diz ela que sou muito severo, em suma, que exijo demais. E que tenho lá os meus hábitos. Inclusive o de dar uma caminhada depois do almoço. Inverno e verão. Faça chuva, faça sol. Como dizem os alemães: depois do almoço, uma hora de sono ou mil passos. Eu escolhera os mil passos. Enfiava as polainas, o chapéu, e pegava um belo bastão descorticado e liso, branco como um osso, pois caminhar sem bastão parecia que cansava mais. Além do mais, eu achava que para aqueles campos, os meus campos, fossem necessários caminhadores, como direi?, rituais. Velhos eremitas instáveis sobre as pernas, aedos cegos, que agitavam o ar diante deles com o oscilar do báculo...

Vou confiar-lhes um segredo: era o perfume que me guiava. Quase só ele, que as pupilas mal tentavam abrir espaço na fissura das pálpebras semicerradas para se protegerem da luz. E o que não faziam as pálpebras, fazia a aba frouxa de meu chapéu, branco para o verão, escuro para o inverno, enfiado até o nariz. Eu era uma espécie de toupeira de superfície que farejava o seu território. Um velho asno habitudinário que procedia sem fazer perguntas. E talvez o segredo de verdade, aquele importante, seja justamente que, a caminho, guiando-me pelo bastão que me precedia de pelo menos um passo, minha cabeça deixava de fazer tantas perguntas.

Em suma, aceitou defendê-lo, mas a causa não era fácil, nem por sonho. Tanto mais porque no início, meses antes, quando todos os acordos pareciam feitos, Zenobi virou foragido. Havia pouco a fazer. Ele parecia culpado.

Dizem que estavam para fechar um acordo, os Casùla Pes e Zenobi Sanna, que no iníco parecia bem arranjado. E o acordo seria que Zenobi deveria reembolsar o preço dos carneiros sumidos, mais uma multa, a bela quantiazinha de cem liras, que hoje não parece nada, mas então era uma bela bolada de dinheiro! Considere-se que o valor dos carneiros era, mais ou menos, de vinte liras.

O acordo parecia selado. Parecia tudo certo. Se Zenobi pagasse, não cumpria nem cadeia...

— Não era questão de dinheiro, seu avogá... Que graças a Deus um dinheirinho guardado nós temos. Não era pelas cem liras.

— E por que era, então?

— O senhor sabe por quê. Porque se ele pagasse, queria dizer que tinha cometido o dano.

— E assim, ao contrário, pega cadeia! Para melhorar, vocês pioraram, a senhora se dá conta?

— Talvez fosse melhor a prisão, que tanto, mesmo que pagasse, ele seria de todo jeito punido: trabalho, ninguém mais ia querer lhe dar. E depois...

— E depois?

— E depois, o senhor já sabe...

— Sisinnia?

— Sisinnia. Era isso que interessava a eles: romper a corrente.

Porque o meu filho não parecia digno de uma Casùla Pes, dá pra entender! *Sin che deppiana linghere sos poddighes!** Me arruinaram o rapaz por isso, seu avogá!

— Por que não disseram logo, então?

— Não dava, porque ele não queria nem dizer o nome de Sisinnia! De qualquer modo, Zenobi, na noite em que roubaram, nem estava em Nùoro. Carneiros ele não pegou.

— E então, se não estava em Nùoro como a senhora diz, onde estava?

— E quem é que sabe?

— Assim não adianta, a senhora precisa confiar em mim, se não como vou poder fazer alguma coisa?

— Seu avogá, pela alma de meu marido, que Deus o tenha, não sei. É jovem, está na flor da mocidade...

— Mas então como é que a senhora tem tanta certeza?

— É meu filho. Eu o conheço como a palma da minha mão. E quando falo dele, é como se estivesse falando de mim. Ele me disse que não estava em Nùoro, então quer dizer que ele não estava em Nùoro. De qualquer forma, encontrei isso aqui no bolso dele. Encontrei quando estava colocando pão fresco.

— E o que é?

*Itte cheries che bos nia?*** Trouxe para o senhor... Eu não sei ler!

---

* Em língua sarda: "Eles deveriam lamber os polegares!" (*N. da T.*)

** Em língua sarda: "O que quer que diga?" (*N. da T.*)

UM FOLHETO IMPRESSO. UM RECIBO.

BACHISIO LECCIS
Fotógrafo ambulante
Retratos conformes à verdade por ótimos preços!
Entrega em domicílio em trinta dias
Estúdio Fotográfico Via della Pietà 36 — Ozieri (SS).
CINCO LIRAS

No verso estavam marcadas a lápis as letras AQB e o número 29. Já era alguma coisa. Talvez nada, mas valia a pena controlar. Procurei pelo *brigadiere* Poli, pessoa de bem e digna de respeito. Disse-me que a circunstância da fotografia era completamente desconhecida nas atas do processo, mas que a seu ver representava um fator sem influência para a causa em curso. Eu não estava convencido disso. Talvez pudesse me ajudar a provar que Zenobi não se encontrava em Nùoro na noite do furto. Pedi que controlassem as licenças de exercício profissional do mês de dezembro, para saber se o tal fotógrafo chegara até nós. O *brigadiere* olhou-me com um sorriso. "Licenças de exercício?", arremedou.

*Ojai!** Que licença, qual nada! Desse ponto de vista nada mudou, sinto dizer. Cada um trata da sua vida. Para não dizer pior. E pergunto: não pedem licença nem pra fazer uma casa e vão pedir para tirar umas fotografias colocadas em cruz? Então, é o que digo! Claro que o *brigadiere* tinha desatado a rir. De todo modo, estava bastante seguro de que em Nùoro, naquele período, não aparecera nenhum fotógrafo ambulante.

Bustianu não era do tipo que se dá por vencido, se uma fotografia havia, ele queria vê-la! E queria também uma data segura, agora era uma questão de princípio. Em suma, ele acreditava em tia Rosina, pois ela lhe lembrava a sua mãe escrita e pintada. Só para mostrar como é que as coisas acontecem às vezes, talvez, se não houvesse a semelhança, ele naquela história nem tivesse se metido...

(...) E além do mais, havia um fato que eu não conseguia entender. Nada batia. Zenobi não tinha necessidade de roubar aqueles carneiros. Um. Talvez, com um pouco de paciência, pudesse se casar com Sisinnia. Dois. Estava se encaminhando para um futuro de prosperidade. Três. Era pessoa de bem. Modesto. Benquisto. Quatro. Intempestivamente (?), certa tarde parte de Nùoro não se sabe para onde. Cinco. Na noite seguinte à sua partida, nove carneiros são saqueados da cocheira de Marreri dos Casùla Pes. Seis. Apenas carneiros, valendo dezenove, vinte liras. Sete. Só nove em cento e cinqüenta. Oito. Na mesma noite, os carabineiros se apresentam na casa de tia Rosina perguntando pelo filho. Nove. Ela diz que ele não está. Que está fora desde o dia anterior, mas não sabe para onde foi. Dez.

* Em língua sarda: "Ora!" (*N. da T.*)

Tudo certo, em suma, quase normal. Aliás, normal. Como é então que Zenobi preferira se pôr foragido? Ainda mais porque o risco era grande: a contumácia. A contumácia que faz fermentar as condenações. A fuga. A fuga que se assemelha desesperadamente a uma confissão. Com os Casùla santificados pela tentativa de acordo; arrasados por uma vilania cometida justamente pelo empregado em quem mais confiavam. Ia ser uma condenação de placa. Se Zenobi não se constituísse.

— Preciso encontrá-lo! Assim eu fico com as mãos amarradas, no julgamento não me deixam nem abrir a boca. A senhora entendeu?

Tia Rosina permaneceu de cabeça baixa. Entendia, entendia muitíssimo bem. Mas Zenobi, quem podia convencê-lo? Quando queria fazer uma coisa, fazia. Não adiantava insistir. Sempre fora assim. Crescer sem pai, essa era a causa. Que um pai sempre sabe o que é preciso fazer e quando é preciso fazer.

— A senhora tem que convencê-lo a me encontrar. Onde ele quiser, mas logo. Não resta muito tempo, não.

E tia Rosina a soluçar, que ela não sabia quando ele ia dar sinal de vida; que chegava de noite, sem aviso prévio; que sentia como se lhe apertassem o coração e as entranhas; que de dormir nem se falava desde que sucedera a desgraça; que o filho tinha medo e não confiava em ninguém; que os Casùla Pes eram gente de poder.

— Eu sou obrigado ao segredo, entende? Compreende que não posso fazer nada contra alguém que é meu cliente? A senhora tem de dizer a ele! Quando quiser, onde quiser!

E ela a apertar o nariz com o lencinho, já irremediavelmente estropiado. Que ia dizer a ele, mas não prometia nada; só ela sabia como era o Zenobi.

A uma semana do julgamento Bustianu disse que precisava visitar um compadre que tinha em Ozieri. Tomou, portanto, o trem das sete e trinta e cinco em Nùoro. Para chegar a Ozieri era preciso fazer uma parada na estação Tirso, que ficava a céu aberto. Uma meia horinha: das nove e dezenove às nove e cinqüenta. Quando tudo ia bem, chegava-se às duas e meia. Em suma, chegou a Ozieri já era tarde avançada. E lá encontrou o desastre. Para encurtar: o fotógrafo estava morto. Em um incêndio que destruíra o estúdio fotográfico. Coisa de quarenta e oito horas antes.

Em Ozieri, tinha o *maresciallo** Tuvoni, da Guarda Real, um homenzinho meio gordo com bigode revirado. A dar-se ouvidos a ele, o caso tinha nome e sobrenome: Sanna, Zenobi, foragido.

Bustianu teve um choque. E decidiu encontrar-se com o *maresciallo*, que o recebeu com desconfiança.

Fez-me entrar em seu gabinete na caserna com o ar de quem tem entre as mãos um suspeito a ser interrogado. Fez ironia com a minha presença em Ozieri, tão oportuna que não parecia casual. Fiquei prevenido. Argumentei motivos pessoais para a minha presença, mas de seus olhinhos escuríssimos saía apenas ceticismo. Pedi informações sobre o acontecido. Ele limitou-se a repetir o que eu já sabia. Duas noites antes, um incêndio destruíra o laboratório fotográfico Leccis, com seu tanto de proprietário dentro. Os restos carbonizados deixavam claro que Leccis fora surpreendido pelas chamas justamente enquanto trabalhava na câmara escura. Nada se salvara da destruição, nem um livro-caixa, nem uma placa fotográfica, nem uma cédula. Quem provocara o incêndio queria eliminar uma testemunha incômoda. Mas de quê?

* Marechal, posto correspondente a sargento, nos carabineiros. (*N. da T.*)

— O senhor que escreve tantas belas coisas sobre esses delinqüentes nos nossos jornais, talvez agora se dê conta de quantas dificuldades já temos de superar sem que nos venham criar, por assim dizer, uma espécie de lenda sobre esses maus elementos. — Bustianu decidiu não intervir, não queria descer até aquele nível. O *maresciallo* Tuvoni ficou em silêncio por alguns segundos, depois continuou: — Não deve haver espanto se a população não colabora, quando até mesmo as mentes iluminadas, poetas, escritores, representantes da Justiça, não fazem senão incensar os gestos dos que decidem colocar-se, em sã consciência, contra o Estado. Contra a Ordem Constituída. — Ainda silêncio. Bustianu percebeu toda a ênfase colocada nas palavras Estado e Ordem Constituída. — Se o corpo civil, as mentes propulsoras de nossa região não colaboram, como se pode esperar colaboração dos iletrados, dos analfabetos? — Via-se que tinha estudado, o *maresciallo*. — Mas de resto... como dizem os senhores? ... todo o poder ao... proletariado.

— Pão para todos! Isso é o que nós dizemos! —, explodiu Bustianu. — Algumas migalhas para aqueles que fazem o pão, isso! De todo modo, não estamos aqui para discutir política. Estou aqui oficialmente para perguntar quais são as acusações contra o meu cliente.

— Incêndio doloso e homicídio em primeiro grau, além de assalto e apropriação indébita... devo continuar? — respondeu simplesmente o *maresciallo*, sem se alterar.

— Não vejo ligação entre o meu cliente e Leccis — tentou Bustianu.

O *maresciallo* pareceu sorrir, bonachão. Com calma folheou uma pilha de papéis que tinha em sua escrivaninha.

— Tenho aqui o registro de uma correspondência com o *brigadiere* Poli da estação de Nùoro, que assinala uma ligação que eu definiria como estreitíssima entre o seu constituinte e o fotógrafo.

Bustianu martirizou-se: ele mesmo fornecera a ligação!

— Dessa forma — disse, tentando parecer calmíssimo —, seria necessário suspeitar de qualquer um que tenha sido fotografado por Leccis. Qualquer um podia ter algo a esconder.

— É bem verdade, doutor, bem verdade! Não há lugar no mundo onde existam mais coisas a esconder do que esse!

— Parece-me circunstancial — retomou Bustianu mostrando um cigarro como quem pede permissão para acendê-lo.

— Em uma sala de tribunal, talvez, doutor — gracejou o *maresciallo* Tuvoni, anuindo à permissão requerida. — Mas nós somos simples operários, fazemos o trabalho sujo, advogado, fora dos tribunais, no frio ou no calor, a qualquer hora. Não temos muito tempo para sutilezas.

Bustianu estava começando a agastar-se. Fez barulho soltando a fumaça pelas narinas para dissimular um movimento evidente de irritação.

— Nenhuma sutileza. Não nesse caso. Embora uma certa atenção aos particulares não fizesse mal algum se se pretende administrar justiça.

— E como não? — Era a vez do *maresciallo* perder as estribeiras. — Para permitir que inutilizem tudo, para permitir que mandem esses delinqüentes de volta para casa, para que os transformem em heróis! Gostaria de vê-lo arrebentar as pernas de andar pelo campo, fazer igual a uma cabra para poder revistar cada caverna, cada saliência. Certamente o senhor já não seria tão sutil!

— Isso é coisa que se diz, *maresciallo*, mas eu devo inferir que, no que tange ao meu cliente, o senhor não tem nada em mãos.

Estava violáceo, o *maresciallo*.

— Qual civilidade? — trovejou. — Como podemos pretender participar do consórcio humano se todo o tremendo trabalho que somos obrigados a fazer a cada dia é inutilizado nas salas dos tribunais?

— Ninguém é isento, *maresciallo*, existem conveniências em toda parte, o prefeito, o cura, o delegado, até os militares: nós somos vítimas, exatamente como o senhor, a serviço daquela senhora vendada com a balança na mão. Ademais, temos que lutar contra o preconceito, contra as condenações emitidas antes de passarem em juízo, contra essa mania de disparar antes de julgar, contra essa perigosa característica de não fazer distinções: temo que seja isso que nos afasta do consórcio humano, como quer o senhor. De qualquer modo, já é tarde, creio ter-lhe roubado tempo demais — concluiu Bustianu, levantando-se. Estava cansado e frustrado.

Já estava quase na porta quando o *maresciallo* chamou:

— Foi emitida uma recompensa pela captura de seu cliente: duas mil liras — informou-o justo quando estava colocando a mão na maçaneta.

Tinha se transformado num bandido. Uma besta sanguinária para todo mundo. Zenobi Sanna tinha entrado para o rol daqueles que as velhinhas apontam.

Que estação aquela! Depois ficam dizendo: Atenas Sarda! Faroeste deviam dizer, isso sim! Não dava nem tempo de esconder a cabeça e já vinha um tiro, assim por nada. Porque se viu alguma coisa sem querer. Porque aconteceu de ouvir alguma coisa que não era para ouvir. Ou somente porque se trabalha para alguém que está na lista negra. Em suma, não se durava muito.

Um tio meu, tio de segundo grau para ser exato, que era irmão mais novo do meu avô, quase perdera a pele: uma vez estava catando cogumelos quando topou com gente armada. Era um homem tranqüilo que não tinha nenhuma experiência com armas. A certa altura aproxima-se de uma fonte para beber e vê um grupo de pessoas sentada ao redor. Homens armados. Caçadores, pensa, e continua a se chegar. Foi então que um tipo não muito alto, sem barrete e com uma cara má, dois olhos finos como os de uma cobra, dois bigodinhos que pareciam de mentira naquela cara de criança, destaca-se do grupo, segue ao seu encontro e pergunta onde é que ele pensa que vai. Meu tio diz que estava com sede, que estava procurando cogumelos porque tinha chovido dois dias, etc. etc. Pois o outro lhe diz que ali não tem cogumelo nenhum e que ele vá procurar em outro lugar.

Era Berrina, meus senhores, o pior delinqüente que havia por aquelas bandas. Enfia-lhe a cano duplo na barriga e o manda voltar para casa, que eles não tinham nem se encontrado. Meu tio girou nos calcanhares e nem viu a estrada de volta pra casa, com uma tremedeira tão grande no corpo que quando chegou ficou de cama com febre e diarréia. Tinha que pagar uma missa para Nossa Senhora das Graças porque Berrina estava de bom humor e talvez estivesse ali só para as provisões de água e mais nenhum particular, se não, o irmão do meu avô não só não voltava pra casa, como também não iam poder levá-lo *a sa 'e Manca.**

Tanto, não acontece muitas vezes de se enterrar caixões vazios!

De qualquer forma, voltando a Bustianu, volta-se a Ozieri e ao fato de que as coisas estavam cada vez piores para Zenobi. E de tia Rosina não se consegue tirar nada, pois ela, mais que chorar, não pode fazer nada, pobre mulher! Entretanto, para o fato dos carneiros a pena é severíssima: seis anos de prisão, à revelia.

---

* Em língua sarda: "Levá-lo ao cemitério." O cemitério de Nùoro fica em um antigo terreno da família Manca. (*N. da T.*)

E passam-se os meses.

DIA TREZE DE NOVEMBRO, EXATAMENTE. QUASE UM ANO depois dos fatos. Eu estava indo para o meu sempre caro em direção a Sant'Onofrio, que agora era o meu destino habitual. Começava a fazer frio, assim eu vestira um capote pesado e enfiara o chapelão de feltro que usava no campo.

Atravesso o arco do Seminário, cumprimento silencioso o Palácio de Justiça, costejo a Catedral e dirijo-me para o mato, para as carvalhinhas cheirando a sândalo. Estou pisando algumas bolotas quando ouço um ruge-ruge atrás de mim. Avanço sem me voltar, olhando para cima, aspirando para os pulmões o ar que se faz cada vez mais frisante. Algumas nuvens violáceas sobrevoam os montes de Oliena: vai chover, penso. O Orthobene está livre. O ar é tão limpo, a paisagem tão tersa que parece morar no centro da luz. O verde é licoroso, o marrom é resplandecente, o cinza do granito é argênteo. Não agradaria a Antonio Ballero*, penso, não serve para ele esse cristal, que sua paleta de cores é densa como orchata nos brancos, como fuligem nos negros, como chama bruxuleante nos vermelhos. E seu pincel é amável demais para esta paisagem de coração impiedoso, intolerável. Estou imerso nesses pensamentos,

* Pintor sardo pós-impressionista. (*N. do E.*)

quando o rumor a poucos passos de mim se transforma em estalido de graveto pisado. Volto-me de um salto.

— Sisinnia? — pergunta Bustianu olhando a figurinha delicada que parece congelada a poucos passos dele.

Ela inclina a cabeça e faz sinal de sim, que se trata dela mesmo. Tem o rosto de um oval perfeito, de pele alvíssima, como que emoldurado pelo lenço gracioso de um tom terroso. É bela de uma beleza extraordinária, até irregular nos lábios demasiado túmidos, quase impressos a sanguina no rosto que é marfim puro; nos olhos de um verde profundo, redondos e licorosos de vitela de leite; na fronte regular que dá espaço a algumas mechas corvinas, azuladas, que escapam da touca. Tudo nela é doçura sem delicadeza, é beleza sem rebuscamento.

— Sisinnia — repete Bustianu, esboçando um sorriso.

— Eu não vou mais vê-lo? — pergunta com um fio de voz, martirizando um pequeno rosário de contas negras que lhe pende do avental. Chora sem lágrimas, com o seio perfeito arfando ritmado. — Ele nem estava em Nùoro naquela noite, ele não estava. — Dessa vez as palavras saem-lhe com esforço, a garganta está se fechando em um emaranhado de soluços.

Bustianu não sabe realmente o que dizer.

— Minha filha, por que não disse logo? — É a única coisa que consegue falar. E pensa que essa censura tão repetida, batida como um salmo, transforma essa história numa história de silêncios. Uma história de coisas não-ditas, mas simples, linear, clara.

Sisinnia sacode a cabeça longamente antes de falar.

— Ele não quis. Preferia antes ir embora... — E pára por aí, sacudida pelo pranto.

Bustianu se aproxima, estende o braço para tocar-lhe o ombro, mas Sisinnia dá um salto para trás.

— Se ele não aparecer, não posso fazer nada — disse Bustianu para obrigá-la a reagir.

— Ele sabe quem é que roubou aqueles carneiros! — diz ela de repente.

Parou de chorar, agora os olhos brilham como esmeralda bruta, circundada por uma sombra de cornalina. Os lábios fecham-se em uma espera cheia de trovões.

— Quem? — pergunta Bustianu e olha em torno como se quisesse retornar àqueles pensamentos, àquelas cores, a Ballero e à sua palheta, dos quais foi arrancado.

— Meu pai — responde ela num fio de voz.

Em suma, Cosma Casùla Pes armara uma cara de alegre ao perceber a simpatia entre Sisinnia e Zenobi, mas muito contente não devia estar. E então aprontara a brincadeirinha. Para tirar de seu caminho aquele possível genro pobretão e bonito demais. Assim, manda-o em missão fora de Nùoro, numa propriedade lá pelos lados de Galtellì, para uma questão de vacas não marcadas. O quinteiro, um jovem de Posada, espera por ele. A ordem é controlar a manada de umas trinta cabeças e marcá-la no prazo de quarenta e oito horas. Zenobi e o quinteiro põem-se ao trabalho...

— Mas criatura, devia ter falado antes! — lamenta-se ainda Bustianu, mas sem ênfase para não aumentar a sensação de angústia que deixa arregalados os olhos dela. Sisinnia parece tão frágil que bastaria um sopro de vento para jogá-la vale abaixo.

— Eu não sabia! — defende-se Sisinnia. — Antes eu não sabia de Galtellì e das vacas — continua.

— E esse quinteiro de Posada? Quem é? Talvez ainda dê tempo.

Ela sorri levemente.

— É um que só vi duas vezes: Piredda, se chama. Luigi Piredda.

— Bom, ótimo. Se cair a acusação de furto fica tudo mais simples.

— Estamos em suas mãos — sussurra Sisinnia. Depois remexe em baixo do avental, como se tivesse que fazer algo de fundamental que só agora lhe viesse em mente, só naquele momento, e retira um envelope. Estende-o. — É para o senhor — diz.

Bustianu leva alguns segundos antes de esticar a mão para pegar o envelope.

— O que é? — pergunta sem se decidir a pegar.

Sisinnia fica com a mão estendida, e nela o envelope, em sua direção. Aquela mão ele não conseguirá esquecer: mais branca do que o próprio envelope, com as unhas de um rosa pálido, luzidias como pequenos corais.

— Não sei, foi ele quem me deu para que entregasse ao senhor — sussurra ela como se envergonhada.

Bustianu pega o envelope, tem escrito o seu nome em caracteres claros, bem marcados. Ele põe no bolso. Basta um primeiro toque para perceber que contém algo de sólido, não uma folha.

Em poucas palavras: o passeio estava arruinado. O *sempre caro* arruinado. Até o tempo ficou feio. Assim, mal a moçoila desaparece com passo lépido, lépido para fora de suas vistas, Bustianu faz meia-volta para casa. De tanto em tanto, bate no bolso do capote para controlar o envelope. Nada havia a fazer, essa era uma dessas histórias das quais não se consegue sair. As histórias que te derrubam. Porque a pessoa está bem pensando que está tudo sob controle, mas não está. Acho que Bustianu se sentia bem assim: como alguém que pensa estar curado de uma doença e depois tem sempre uma recaída.

Mal entra em casa, sem nem se despir, agarra o envelope entre as mãos, examina-o longamente, olha seu próprio nome marcado com caracteres sutis e um pouco oblíquos. Finalmente se decide, com uma faca de cozinha abre o envelope e tira fora uma fotografia.

O impresso embaixo da foto, em letras douradas, não deixa dúvidas: Estúdio Fotográfico Leccis, Via della Pietà 36 — Ozieri (SS). O sujeito é um rapagão louro com o olhar concentrado na direção do fotógrafo, além do fotógrafo. Quase como se quisesse sair do enquadramento e olhar nos olhos de quem lhe está diante. Não há sinal de desconfiança, nada de histórias de máquinas que roubam a imagem e a alma. Nem de medo de que a objetiva seja na verdade o cano de um fuzil pronto para disparar. Tem a cabeça descoberta, o barrete apoiado no ombro direito, como que caracterizando o contraste entre a pele alva do rosto, marcada por uma leve penugem dourada, e os cabelos, abundantes, longuíssimos, espalhados por um leve golpe de vento, brilhantes como os raios de um ostensório. Tem as íris tão claras que parecem desaparecer no branco do globo ocular, fazendo uma espécie de sombreado esfumaçado em torno das pupilas escuríssimas e puntiformes. Mas isso não impede um quê de profundidade no olhar, não impede que veja a paisagem que está acariciando, a mulher a quem é endereçado o olhar, o amor que tão habilmente o inundou de séria doçura. Zenobi Sanna tem a postura de um arcanjo maneirista, o braço ligeiramente levantado para apoiar o cotovelo em uma coluneta de gesso, uma espécie de fragmento de ruína clássica que sabe-se lá como foi parar naquelas plagas.

Sob o colete escuro, sua camisa, tão cândida a ponto de parecer uma mancha leitosa, está fechada no pescoço por dois botõezinhos de filigrana. Mas não usa o traje inteiro. Da cintura para baixo é um burguês qualquer, um gentil-homem dos campos. Usa um par de calças à continental, que envolvem pernas nervosas. Tem as panturrilhas metidas em polainas amarradas com correias. Este traje misto causa-me um efeito estranho, mas o caracteriza como um homem dividido, um pouco dentro, um pouco fora; um pouco sardo, um pouco continental. Sim, dividido entre a tradição e o futuro. Não como eu, que o traje tradicional só usei raras vezes, que sou caracterizado só pelo ser: burguês, formado, continental em uma ilha. Porque eu cruzei o mar! E li livros, talvez demais. E fiz uma escolha. Zenobi não. Que, no entanto, usa calças ajustadas, as calças da moda, das alfaiatarias para senhores de bem. Isso me confunde. Talvez ele tenha captado uma mensagem desconhecida por mim. Uma mensagem que as gerações mais jovens conseguem perceber, apesar de tudo. Apesar do silêncio imposto por um passado idolatrado, mito de si mesmo. Apesar das correntes, apesar do isolamento.

Esta qualidade dupla me faz estremecer, me faz medo e sinto-me inadequado, triste, culpado. Tenho trinta anos e sinto-me velho.

É aquela imagem que faz com que me sinta assim. É aquilo que ela significa, que está tentando me comunicar. O tempo que muda as coisas, mesmo aquelas que pareciam inalteráveis. Que muda as mentes, os costumes, as certezas.

Pouso a fotografia sobre o tampo de mármore da mesa. Como se a abandonasse a seu destino. Na lareira brilham três achas de carvalho envelhecido; fazem um fogo lento, tenaz, em brasas que parecem rubis brutos, boas para se cozinhar carneiro.

Dispo, enfim, o capote.

Pego de novo a foto. O fundo, creio que uma tela esticada entre duas árvores, representa uma espécie de átrio barroco, com um esboço de escadaria em espiral. A terceira dimensão desapareceu na monocromia, na qualidade de fora de foco. Só o sujeito está em foco, e parece de fogo. Pois aquele jovem quer viver, viver a sua vida sob suas condições, condições aceitáveis em toda parte, não aqui.

Preciso falar com ele, quero olhá-lo nos olhos, quero que me explique aquilo que não entendi.

Se essa vila vai se tornar uma cidade, e antes ou depois há de se tornar, quero saber com exatidão que tipo de cidade devemos preparar.

Não me agrada o cinza fumoso que aparece no ângulo extremo da fotografia, no alto; aquele pedaço de construção que o enquadramento impreciso fixou para sempre, além do telão pintado que serve de fundo. Parece a realidade, icástica, pleonástica, que mais uma vez vem bater à porta: "Estou aqui! Vocês brincaram, fantasiaram, imortalizaram-se para a eternidade, mas eu tenho um céu cinzento, malsão, e um pedaço de construção: também tenho o que é meu para fixar na placa. Nessa imagem daquilo que gostaria de ser, eu sou o que é.

Vem-me à mente Francesco Ciusa, quando me acusa de ter um profundo espírito religioso. Um espírito religioso? Eu? Eu que sou a racionalidade em pessoa? E ele então, que esculpe lavradoras como se fossem anjos e pastores como cristos na cruz?

Certo que se a palavra é uma religião, se a justiça é uma religião, se a terra em que pisa é uma religião...

Meu pai, que o conhecia bem, conforme falei, disse que naqueles dias que se seguiram ao encontro com Sisinnia, Bustianu estava irascível, como se tivesse uma idéia fixa na cabeça. Não conseguia se conformar, pensando naquele jovem que acabara foragido por nada. Porque ele não era daqueles que fazem muita cerimônia, dizia claramente que entre todos aqueles valentes havia também delinqüentes e ponto, gentalha que encontrara um modo mais fácil para fazer valer os próprios interesses. A verdade, em suma: muitos deles eram apenas prepotentes, gente que não sabia nem o que significa viver no meio dos outros. Eram bestas! É preciso que se diga. Pessoas que, se as coisas não iam como eles desejavam, pediam explicações com a cano duplo ou com a *leppa*.*
Assim eram as coisas! Tem pouco para se fazer de bonito, nada do que se vangloriar, em suma.

Mas não era a mesma coisa para todos.

* Em língua sarda, espécie de canivete artesanal de cabo fixo, de osso. (*N. da T.*)

E assim, fazendo esses discursos tão refinados, falando difícil, tentando, em suma, ver caso por caso, ele passava por alguém que fazia poesias sobre o mito do *balente**. Ora, que mito que nada! Leiam direito aquilo que escrevia Bustianu! Mas que mito! Que Atenas! Pobre gente, isso é que sim.

---

* Em língua sarda: "valente". (*N. da T.*)

— PENSO QUE AS DISTINÇÕES DEVEM SER FEITAS, ISSO SIM. — Bustianu falava num tom que poderia parecer peremptório.

O *brigadiere* Poli estendeu-lhe um outro copinho de malvasia.

— Se começamos a fazer distinções, como diz o senhor, corremos o risco de não tirar nem uma aranha da toca. As pessoas aqui precisam entender que ao se colocarem nas mãos desses deliqüentes estarão se colocando do lado errado. Têm que entender que fazem parte de uma nação agora, que não existem só elas, em suma!

— E quem lhes diz isso? Os militares piemonteses? Ou os cobradores do rei? — As perguntas de Bustianu ficaram em suspenso no meio do salão do Café Tettamanzi.

— Não venha se fazer de populista agora, o senhor entendeu muitíssimo bem o que eu quis dizer — encaixou o *brigadiere* Poli. — O senhor também é sardo, e pessoa de bem — continuou. — Trata-se de decidir e de assumir as próprias responsabilidades.

— Certo, gente de bem tem muita, até por esses lados, gente que talvez já tenha decidido no coração, mas que não tem voz bastante para dizê-lo. O que não pode é continuar julgando os muitos que não têm voz pelos poucos que gritam.

— Gritar, eles gritam, e os gritos chegam até Roma — assentiu o *brigadiere*. — E agora fala-se no comando em mandar divisões inteiras para cá, fala-se até em medidas de emergência. As ordens são claras nesse sentido. Nada de muita sutileza: caçada pesada!

— Exatamente... era isso mesmo que eu queria dizer. Vocês têm o pesado e nós o sutil. Mas nós, a bem dizer, vamos conseguindo sobreviver com o sutil.

— Belos resultados com a sutileza de vocês! Testemunhas oculares que esquecem tudo, como que por encanto, logo antes do depoimento oficial; que desaparecem pouco antes de entrar no tribunal.

— Medo, eles têm medo. Sabem que Roma fica longe demais.

— Então o senhor os justifica?

— Eu os entendo, isso sim. Não os justifico, não os justifico mesmo. Mas prendendo as pessoas por fome e por desconfiança, não se pode pretender resultados duradouros. Essa não é uma terra como outra qualquer. Nenhuma terra é como uma outra. Até o senhor, *brigadiere*, quando abriu a carta com a ordem que o designava para este pedacinho perdido no meio do mar, pensou: mas o que foi que eu fiz? Por que me punem? Por que me mandam para o meio dos selvagens? Viu quanto caminho ainda temos que percorrer? Não somos cidadãos entre outros, não somos italianos como os outros. Somos carne para o trabalho e cães de guerra.

— É o senhor quem está dizendo isso...

— Mas o senhor tem uma idéia do que era esse lugar? Essa gente? Como pode pretender que compreendam se ninguém explica nada?

— Avogá, com essa história de explicação me parece que o senhor está é nos embromando, como se diz lá pelas nossas bandas... Quer dizer, quando os senhores querem, entendem rapidinho...

— Uma coisa nós já entendemos e sem que houvesse necessidade de explicar: o que somos, o que fomos, o que seremos, não tem nenhuma importância para ninguém.

— E como não? O Parlamento! Em suma, os representantes de vocês no Parlamento não fomos nós que escolhemos!

— *Touché!* De qualquer modo, consola-me o fato de que eu não votei neles. Mais um? — disse Bustianu agitando o copo vazio em direção ao garçom. — E então — retomou, mudando de assunto —, o procurador do rei está para nos deixar...

— Parece — respondeu laconicamente o *brigadiere* aspirando o cheiro da malvasia que acabavam de servir. Beberam em silêncio. — Espera-se uma grande recepção de despedida para sua excelência o senhor procurador do rei — acrescentou a certa altura. — Uma coisa em grande estilo na casa dos Mastinos: gente de Sassari e de Cagliari, oficiais, delegados, prefeitos. O senhor também, segundo me consta.

— Parece — imitou Bustianu, dando de ombros.

Foi naquele momento que o carabineiro do grupo de elite, Cugusi, surgiu no quadrado luminoso da porta de entrada, franziu as sobrancelhas para sondar o interior do local e procurar o seu superior. Ao *brigadiere* Poli, que estava de costas para a entrada, bastou ver que Bustianu mudava de cara e fazia gestos para alguém atrás dele para compreender que sua pausa chegara ao fim. Voltou-se, viu Cugusi, fez-lhe um sinal de aproximar-se. Cuidadoso, ele seguiu a ordem, avançando entre as mesinhas.

— Cosma Casùla Pes — limitou-se a dizer depois da saudação militar. — Marreri — especificou.

Encontraram-no assim, que parecia adormecido sob uma oliveira, o fuzil apoiado ao tronco. Tinham atirado a curta distância. A camisa branca estava empapada de vermelho do sangue entre o esterno e a garganta. A carne viva abria-se sob a epiderme amarelada como um veludo carmim. O sangue irrigara o terreno ao redor em um borrifo denso.

O *brigadiere* Poli abriu espaço entre a pequena multidão reunida em torno do cadáver. Dois carabineiros fizeram um relatório sumário: a filha notificara o acontecido.

Estavam juntos, Cosma e Sisinnia, inspecionando a propriedade, acariciando as amêndoas nas árvores, colhendo um pouco de chicória e funcho selvagem. Cosma trouxera o fuzil para uma eventual lebre. Sisinnia mandara preparar uma refeição fria: carne salgada, *oriattu**, queijo pecorino, um pedaço de lingüiça seca, um garrafão de bom vinho. Gostava daquelas excursões a Marreri e Cosma tinha o hábito de levá-la consigo. Os trabalhadores estavam distantes, na estrebaria a coalhar o leite e preparar *foscelle*** de junco. A moça se afastou por alguns minutos, o tempo de encher o avental de chicorinhas e cardos. Depois ouviu o disparo. Uma lebre, pensou. E afastou a moita de sarça que escondia um punhado de aspargos. Assim, voltou calmamente para o olival. E encontrou-o no chão. Como adormecido. Nada de lebre. Mas sangue, rios de sangue...

O *brigadiere* Poli olhou para Bustianu.

— Dessa vez ele está frito — disse com uma estranha expressão no rosto. — Como é que vocês dizem mesmo? Cagou fora do penico.

Bustianu cobriu o rosto com a mão, como se quisesse se proteger de uma luz forte demais.

— Não vamos correr, *brigadiere* — disse, absorto.

— Apagou-o, essa é uma outra das expressões de vocês que dão bem a idéia. Apagou-o enquanto dormia: é claro.

Foi um belo trabalhão afastar os curiosos, gente desconhecida, vizinhos de curral, os braceiros, o agrônomo da prefeitura. De qualquer modo, nenhum deles viu coisa alguma. Uma sombra, um fugitivo. Ninguém viu Zenobi nas redondezas. De Sisinnia não se conseguiu tirar nada, exceto o que ela já tinha dito. Em seu rosto liam-se terror e desespero. Bustianu olhou-a longamente, as mãos dela machucavam o terço de contas negras.

---

* Em língua sarda, pão macio de farinha de cevada, então considerado alimento pobre. (*N. da T.*)

** Espécie de peneira para deixar escorrendo o leite coalhado. (*N. da T.*)

Remover o cadáver também não foi nada simples. A cabeça de Cosma Casùla Pes pendia, ligada ao torso por uma fímbria de pele. Arranjaram-no em uma padiola improvisada para levá-lo até a caserna. Sisinnia seguiu as operações com uma espécie de calma turbulenta. Seu colorido se transformara em branco gesso e os olhos estavam vidrados, num olhar ausente, distante, distantíssimo... Os olhos de uma gazela apavorada ou de uma fera pronta para o salto.

— Não foi morto durante o sono — disse Bustianu, aproximando-se da oliveira e cuidando para não pisar na área em que Cosma estivera caído.

— O senhor está vendo aqui? — perguntou ao *brigadiere*, que estava um pouco atrás de suas costas. O *brigadiere* focalizou o olhar no trecho do tronco que Bustianu lhe mostrava. Ficava a cerca de um metro e meio do solo. Uma miríade de pequenas balas fincadas na madeira causavam o efeito de um velho móvel atacado pelos cupins. Minúsculos esguichos de sangue e matéria orgânica coloriam a cortiça. — Quando atiraram ele estava de pé — concluiu.

— Mesmo que estivesse — conciliou o *brigadiere* —, isso não mudaria as coisas.

— Mudaria substancialmente — refletiu Bustianu.

— Espero a sua versão — provocou o *brigadiere* Poli, com uma ponta de irritação.

Bustianu afastou-se alguns passos da oliveira.

— Não me ocorre nada, *brigadiere* disse afinal. — Por que atirar nele?

O *brigadiere* deu um meio sorriso.

— Que pergunta! Para matá-lo...

— Sim, sim, certo! Isso é claro! Mas por que atirar com o fuzil dele mesmo?

— Talvez o seu protegido não tivesse nenhuma arma.

— Mas como, um foragido, um sanguinário, que anda por aí sem arma? Onde já se viu um foragido desarmado?!

— Não sabia que ia se encontrar com o inimigo jurado. Provavelmente Casùla Pes pousou a arma por algum motivo e Sanna aproveitou. Provavelmente a vítima decidiu repousar à sombra da árvore e foi surpreendida por Sanna.

— Sim, certo: ele o vê por acaso, aproxima-se tanto que consegue pegar o fuzil e depois se afasta o quanto precisa para poder atirar. Convenhamos, *brigadiere*.

— O senhor complica as coisas, mas a situação é claríssima: Casùla Pes adormeceu e Sanna queimou-o sem problemas. *Sic et simpliciter*.

— E não usou o próprio fuzil. Ou um punhal. Seria mais cômodo, mais silencioso, mais limpo, mais tudo! Essa pessoa se arriscou a ser vista, a ser apanhada e o que é mais incrível, a ser morta.

— Isso só porque o senhor parte do pressuposto de que a vítima não estava adormecida...

— Não estava dormindo, o tiro foi alto demais; Cosma Casùla Pes escorregou até a posição em que foi encontrado.

— Então o senhor agora é perito em balística.

— Não exatamente, mas já vi muitos cadáveres. E posso apostar o que quiser que Cosma Casùla Pes estava de pé quando atiraram nele. E tem mais uma coisa... — sustentou Bustianu.

O *brigadiere* Poli apertou levemente as pálpebras e assentiu com a cabeça.

— Continue — limitou-se a sussurrar.

— Zenobi Sanna é um atirador formidável, podia acertá-lo de uma distância de cem passos com um tiro perfeito. Porém...

— Poderia não ter a arma consigo! — A voz do *brigadiere* traía uma certa irritação e um desânimo agora evidente.

— Porém, ao invés disso — prosseguiu Bustianu, que não queria se distrair —, aproxima-se perigosamente. Cosma Casùla Pes também era um ótimo atirador. O risco era grande.

— Não se ele estivesse dormindo! — explodiu o *brigadiere*. — Estamos perdendo tempo a fazer conjecturas improváveis, advogado! E depois, o senhor sabe melhor que eu como raciocina essa gente! Queria que o visse enquanto o matava, talvez ele quisesse dizer alguma coisa...

QUERIA FAZÊ-LO PAGAR. PODIA TER RAZÃO, POLI.

O *brigadiere* olhou-me como se, de repente, tivesse se aberto um abismo entre nós. Eu me transformara em um sardo, um conivente, um daqueles que não raciocina. A pessoa de bem que eu fora até então transformava-se diante de seus olhos em um advogado comprometido, em um encrenqueiro pronto para justificar um delinqüente. Disposto ao impossível, desde que pudesse salvar o próprio cliente. Isso sem contar que, tecnicamente, Zenobi Sanna não podia ser considerado meu constituinte. Eu nunca o encontrara. As poucas coisas que sabia sobre ele foram ditas por sua mãe. A única imagem que tinha dele era uma fotografia que não o eximia de nada, aliás, bem ao contrário, ligava-o em dupla mão ao fotógrafo Leccis, assassinado.

Havia outra coisa que eu sabia, e não era indiferente: Sisinnia me revelara que seu próprio pai, Cosma Casùla Pes, assassinado, organizara a brincadeirinha dos carneiros roubados que custara a Zenobi Sanna uma condenação a seis anos de prisão.

Tinha razão o *brigadiere*, eu estava tentando dar nó em pingo d'água para não ter de admitir que meu protegido, como ele o chamava, nada mais era que uma besta sanguinária, um delinqüente que não merecia nenhuma compreensão, um fugitivo perigoso que já experimentara o sangue de seus inimigos, um selvagem incapaz de convívio humano. Uma fera a ser morta à primeira vista.

E todavia, ele estava errado!

Vocês já tiveram alguma certeza que não se apóia em nada? Uma certeza que quanto mais parece o contrário, mais certa fica?

Para mim era assim! Talvez estivesse ligado àquela mãe, tia Rosina; a suas palavras: "Eu conheço o meu filho" — mas quantas mães o dizem! Talvez ao rosto de Zenobi, fixo pela fotografia, que não olhava para lugar nenhum.

Como o Rimbaud de Carjat. Porém, completos os vinte quatro anos sem nunca ter escrito uma poesia. Talvez dependesse dos olhos de Sisinnia, que brilhavam só de falar-lhe o nome.

Em suma, sou assim: teimoso. Sou da Barbagia! Alguma coisa deve querer dizer, nascer em um lugar e não em outro.

Não estou falando de inatismo: sempre odiei Nicéforo e suas "zonas de delinqüência" mais do qualquer outra coisa. Creio que o lugar onde se nasce é fruto de puro acaso cadastral. Todavia, dito isso, crescer em um lugar e não em um outro há de significar alguma coisa! O ar, talvez, ou a paisagem, que sei eu! Quem nasce na planície, em meio à névoa, talvez aprenda a apreciar a esfumaturas, a cultivar a relatividade. Talvez para quem nasceu em um lugar sem montanhas, no centro de todas as coisas, seja mais fácil fazer concessões. Não sei. O fato é que sou assim: quando enfio uma idéia na cabeça, ninguém consegue tirar. Sou pior que o meu cachorro: ele ao menos, a força de pancada, faz o que mando fazer. Mas eu, nem isso faço. Durante o serviço militar em Bolonha quase fui para a corte marcial duas vezes. Para não falar dos anos em Sassari.

— A senhora está certa do que disse? — a voz de Bustianu trovejava com uma inflexão cheia de inquietação. A velha olhou-o como se olha alguma coisa indecifrável. Tentou um sorriso. — A senhora me ouviu bem? — insistiu Bustianu. — Entendeu o que eu lhe pedi? — falava levantando progressivamente a voz.

— Eu entendi, entendi, não sou surda e muito menos tonta, graças a Deus! — cortou a velha. — O senhor fez essa viagem por nada. Luisi se foi. Para a América se foi! Queria levar a gente também, mas Lenardu, meu marido, não quis nem ouvir falar; eu por mim até ia, mas ele, quem tira ele do lugar? O que quer que eu diga? Com setenta anos ninguém muda de peixe pra carne. Então Luisi pegou a família e o irmão menor e se foram para a América... Disseram que vão escrever, que vão mandar dinheiro...

Bustianu suava. A umidade untuosa da Baronìa grudava nas roupas como uma película transparente.

— Para a América — repetiu falando consigo mesmo em voz alta. — Mas talvez a senhora possa me ajudar assim mesmo — encorajou-se. — Seu filho marcou algumas cabeças de gado do patrão, coisa de um ano atrás, vacas e vitelos. Veio um empregado de Nùoro para ajudá-lo, um louro, a senhora com certeza deve ter visto!

A mulher olhou para ele mais uma vez. Agora seu rosto exprimia uma sombra de preocupação, como se a teimosia de seu interlocutor a perturbasse. A teimosia daquele advogado que viera de Nùoro até Galtelli só para falar com seu filho sobre coisas acontecidas um ano antes.

— O que quer que eu lhe diga, meu filho, quem lembra de um trabalho de tanto tempo atrás?

— Mas não é possível que a senhora não lembre! Um jovem louro, olhos azul-celeste, de Nùoro... para marcar o gado... — balbuciava Bustianu. Se a velha não fosse tão diminuta, ele a teria agarrado pelos ombros para fazer sair daquela boca o que ela não queria dizer. Mas ela nem o olhava. Continuava a descascar favas sentada no degrau de pedra de sua casinha de paredes secas e cal viva. Estava descalça, com os pés que pareciam duas broas cozidas demais. Da sainha leve, apesar do inverno, despontavam dois tornozelos inchados. — Devolva-o a sua mãe — tentou ainda uma vez Bustianu. — Ele está foragido sem culpa.

— E o que eu posso fazer? — perguntou a mulher sempre ocupada em separar as sementes das vagens. — Bandido é? — retomou a certa altura, como se só agora tivesse entendido as palavras de Bustianu.

Ele fez um movimento de assentimento, vigoroso, cheio de expectativas.

— Agora todos são bandidos — limitou-se a comentar. — Mas os bandidos verdadeiros, aqueles que estavam do lado dos pobres, esses não existem mais. Quando eu era jovem, aí sim. E havia injustiça, nos tiraram pastos e terras, tudo. Vi os irmãos Chiaragone assassinados como bestas, não é que eles perdiam tempo fazendo processos. E eram pessoas de bem. Gente que tinha perdido tudo quando fecharam os terrenos. E um deles, o mais jovem, não estava nem na bandidagem quando o mataram. A injustiça, meu filho, é velha como o homem.

— Sim, mas a senhora também, se ficar calada, em vez de ajudar a justiça, é cúmplice. Porque sabe do que estamos falando.

— O que quer que eu diga? Você é jovem, eu também já fui e nós éramos gente estudada, não fomos sempre assim. O que está querendo remexer, meu filho? As coisas são o que são, quando se cai no meio delas...

— Mas se nós também não fazemos distinção, quem tem razão são eles. A senhora também, veja, coloca de um lado as sementes, de outro as cascas, não se pode comer tudo. O jovem de quem estou falando não tem culpa e a senhora precisa me ajudar. — Agora o tom de Bustianu era de fato suplicante.

— Não sei o que o senhor está procurando, são problemas do Luisi! E depois, as cascas também são boas quando não tem outra coisa pra comer.

Foi naquele momento que, do interior do casebre, se ouviu uma voz de homem.

A velha alisou os cabelos na cabeça antes de amarrar o lenço. Esperou um punhado de segundos antes de responder ao chamado.

— *Itte bata?** — perguntou dirigindo-se à escuridão atrás dela.

— Meu marido — esclareceu voltada para Bustianu. — Está doente, dizem que o estão curando, mas ele só faz piorar. Voltou a ser criança, meu filho. Agora tenho que entrar e não posso nem dizer que faça o favor porque não temos nada.

Com esforço, pôs-se de pé, pegou a tigela com as sementes e apertou as cascas no regaço segurando o avental pelas pontas.

— Um belo rapaz — disse antes de entrar. — Uma cara que é uma pintura — refletiu em voz alta. — Espere aqui — disse.

Quando voltou, tinha uma coisa na mão.

É, havia outra fotografia. Feita na quinta, sempre por aquele fotógrafo ambulante. Bustianu quase teve uma coisa. Lá estavam Zenobi com o ferro em brasa na mão e Luigi Piredda segurando um vitelinho pela cabeça. Vê-se um casario cinza um pouco distante. O mesmo que aparece semi-encoberto pelo pano de fundo no retrato de Zenobi. Há outras informações na fotografia. A mais importante, porém, é uma data escrita a mão: Galtellì, 28 de dezembro de 1897. E uma sigla no verso: AQB e o número 28.

A essa altura havia pouco a fazer. Digam o que quiserem, mas Bustianu tinha visto bem. Mais claro que isso impossível! A sigla, não importa que significado tivesse, demonstrava que fotografia, marcação e retrato de jovem aconteceram um depois do outro. No dia 28 de dezembro. No mesmo dia dos carneiros. E que Zenobi era inocente.

Bustianu estava apenas começando. E já não se conseguia explicar que motivo teria Zenobi para eliminar o fotógrafo e com eles todas as provas que poderiam inocentá-lo.

---

* Em língua sarda: "O que houve?" (*N. da T.*)

No fundo é como escrever uma poesia, as palavras certas se encontram sem que se saiba como. Os versos se dispõem naturalmente, contra qualquer lógica, contra qualquer previsão. Nunca fui positivista! Nunca escravo de nada, nem mesmo da razão a qualquer custo. E menos ainda da fisiognomonia. Mas mesmo que fosse... Até teria sido cômodo para mim, porque admitir que existe um rosto da culpabilidade significa admitir que existe um rosto da inocência. E Zenobi era a inocência personificada. Mas não era por isso que eu encasquetara, não era pelo seu aspecto, não era pela ternura do olhar de Sisinnia nem, menos ainda, por adesão a uma épica do valente.

Tratava-se de ouvir as coisas e dispô-las no único lugar a elas reservado. Como escrever versos, justamente.

Nunca fui maniqueísta. Nunca fui um daqueles que carregam a verdade no bolso do colete: com disposição, porém, para lutar pela minha verdade.

Raimonda, minha mãe, ensinou-me! E depois se arrependeu, porque criou um filho à sua imagem e semelhança. "Mais cedo ou mais tarde acabamos mal, eu e você", prognosticava. Porque ela sabia bem, ambos sabíamos bem, que quando alguém se conhece como nós nos conhecemos, as batalhas tornam-se longas e exaustivas. E são feitas de movimentos previstos, de ações previsíveis. São o resultado de uma estratégia consumada. Sempre aquela. Calar quando se devia falar, falar quando seria melhor calar. Sempre assim.

Em criança fechava-me em um mutismo obstinado. Era sombrio, irascível, melindroso. E minha mãe sabia. Então ela também não falava, limitava-se a me olhar. E eu sabia. Então me preparava para a guerra de silêncio com estoques de pensamentos.

Fora de casa era outra coisa: eu era até falante. E como todas as pessoas demasiado controladas, um pouco excessivo. Voz alta demais, risada estridente demais, olhar penetrante demais.

Mas havia também o corpo: um grande, imponente corpo. Uma altura incomum. Uma cara larga e hirsuta. Nada de nobre. Polpa amalgamada com centeio e farelo.

Educadamente bruto. Elegantemente bárbaro.

Quase um senhor rústico.

Todas coisas bastante úteis no tribunal. Especialmente nessas nossas bandas. Coisas que emudecem os públicos rumorosos; que fazem sorrir juízes muito entediados; que fazem até meirinhos embalsamados levantarem a cabeça. Coisas que acendem um brilho de interesse nos olhos apagados da casta forense.

Não podendo fazer teatro, fui ser advogado. O que impõe uma certa postura. Assim como a voz empostada e o gesto amplo.

O homem era toda uma outra coisa e muitas vezes batalhava contra o orador. Era menor que sua altura, era presa da dúvida.

O homem era outra coisa. Era um menino. Um menino que temia e respeitava. Um menino taciturno. Um menino teimoso.

O *BRIGADIERE* POLI SOPROU OS DEDOS DA MÃO DIREITA COM O hálito quente.

— O senhor foi ao monte hoje também? Com esse frio? — perguntou.

Bustianu fez sinal de sim.

— É um hábito, as pernas já vão sozinhas. E depois, caminhar esquenta.

— Um belo fogo e um cobertor também — ironizou o *brigadiere*.

— E então? — perguntou Bustianu com uma certa apreensão.

— Então eu fiz aquilo que me pediu, mesmo sem entender onde é que o senhor quer chegar. E...

— E?...

— E... recebi uma resposta da Estação de Orosei. O senhor tem razão: o fotógrafo Leccis fez toda a Baronìa, de cima a baixo, no período que vai de 20 a 28 de dezembro do ano passado. Com sabe-se lá que licença de exercício profissional.

Com um meio sorriso, Bustianu retirou do bolso do paletó as duas fotografias. Pousou-as bem à mostra no tampo da escrivaninha do *brigadiere*.

Arturo Poli observou-as por um tempo indefinível. Apertou os olhos para enquadrar melhor, pois o pincenê não estava à mão. Depois olhou para Bustianu.

— Zenobi Sanna — disse este último indicando a fotografia que ele mesmo batizara como "retrato de jovem". O *brigadiere* permaneceu calado. — Zenobi Sanna e Luigi Piredda ocupados na marcação dos animais de Cosma Casùla Pes — continuou indicando a imagem restante. — Com data — acrescentou Bustianu.

Ao *brigadiere* escapou-lhe uma risada.

— Continuo a não entender — afirmou, mas estava claro que não era verdade.

— Posso ajudá-lo. Se Zenobi Sanna encontrava-se em Galtelli no dia 28 de dezembro, não poderia estar naquela mesma noite em Marreri a furtar os carneiros do patrão. Em segundo lugar, como se tinha feito fotografar não teria nenhum interesse em eliminar o fotógrafo. Em poucas palavras: estranho aos fatos que lhe são imputados.

— Quer dizer que o assassinato de Leccis não está ligado ao caso Casùla Pes?

— Eu não disse nada do gênero. Disse apenas que não foi Zenobi Sanna quem o matou. A questão é mais simples do que parece. Cosma Casùla Pes não quer Zenobi como genro. Mas tem apenas uma filha mulher, Sisinnia, e preferiria se jogar no mar do que ter que lhe dizer não. Organiza então a história dos carneiros. Manda Zenobi a Galtellì e acerta com Luigi Piredda para que o segure por lá pelo menos durante quarenta e oito horas. Não pode saber do fotógrafo e das fotografias e Piredda só pode avisá-lo quando já é tarde demais. Nesse ínterim, uma simples questão de ressarcimento se complica porque o jovem não quer ceder, declara-se inocente, injustamente acusado. Foge para não ser preso. Casùla Pes assusta-se, tem medo de represálias. Mais ainda porque o seu quinteiro de Galtellì, Piredda, informou-o das fotografias. Torna-se assim... como direi?... indispensável eliminar o fotógrafo e com ele tudo o que possa provar a participação de Zenobi Sanna nos trabalhos de marcação. Encarrega o próprio Piredda. Em troca, o patrão lhe dará todo o necessário para emigrar para a América. Mas o azar se mete no meio: Piredda chega tarde demais e as fotografias, recém-estampadas, já tinham sido enviadas. Uma a Galtellì, outra a Nùoro. Ei-las aqui.

— Sim, mas nesse meio tempo Cosma Casùla Pes é trucidado; e Sanna, embora vítima de uma injustiça... coisa a se verificar ulteriormente, bem entendido... continua a ser, para todos os efeitos, o principal indiciado. E voltamos ao ponto de partida.

Mas isso era o que dizia o *brigadiere*, porque para Bustianu a coisa parecia ser exatamente ao contrário. Toda essa certeza não existia porra nenhuma! As coisas são feitas na maior rapidez quando é para colocar um cristão na cadeia. Sobretudo os pobres. O ponto de partida, no máximo era que Zenobi deveria ser liberado de qualquer acusação e publicamente reabilitado. Quanto à morte de Casùla Pes era necessário proceder à investigação, conforme o figurino. E talvez surgisse alguma coisa.

No enterro de dom Cosma estava toda a cidade. Dona Dolores agora está mesmo parecida com a Madona das Sete Espadas: foram necessárias três pessoas para segurá-la em pé na hora de seguir o caixão. Depois Sisinnia, esticada como um fuso, com o lenço negro baixado sobre a fronte e a sombra dele a escurecer o rosto até o queixo. Estava Bartolomeo Casùla Pes, o irmão, o cunhado, o tio. Tem por volta de uns trinta anos. Segue o féretro com a cabeça descoberta. Com o crânio despido de cabelos exposto às pessoas. Tem o rosto azulado, afilado. Um encarnado pálido sobre a fronte ampla. As sobrancelhas que são duas asas de corvo e os olhos que são brasas violáceas. Bela raça os Casùla Pes. Gente sólida, nutrida como se deve. Mas gente sem sorte, sem filhos homens. Que dona Dolores, depois de Sisinnia, não pode trazer outros filhos ao mundo e Bartolomeo não quer nem falar em casamento: mais padre que outra coisa. Mais na igreja que nos domínios. Mas senso de dinheiro, ah, isso sim! O ecônomo da firma.

A multidão prossegue: parentes até o quarto grau, vizinhos de casa, proprietários dos terrenos confinantes, lavradores, autoridades. *Unu pore 'e zente.** Para o funeral. O espetáculo, o teatro dessas bandas: as orfãzinhas vestidas de anjinhos alvos, as noviças com o hábito cinza, o prior de São Francisco com todo o priorado.

Antes da procissão, a casa era o reino das lamentações. Dor em cima de dor. Para as carpideiras de aluguel e o desespero dos parentes. A casa era o reino da evocação, da vida maravilhosa, da beleza, da honestidade, da perfeição. Que tanto mais perfeita parece quanto mais se espalha a certeza de que aquele de quem se fala está morto. Mais que um santo. Um morto. Um corpo a louvar, a transportar, a expor. Um corpo para que se implore que acorde, se levante, volte a respirar. Um corpo a insultar por ter cedido à morte. A lamentar desde já: que não se passe um segundo sem o horror de sua ausência.

*Domo rutta! Sepulta domus.*** Paredes que desmoronam. A vida que desaba sobre uma mulher fiel e uma filha para arrumar marido. Sobre um irmão inerme, fraco, meio homem. Meio padre.

— Obrigou-me até a fazer isso — fez que se lamentava o *brigadiere* Poli. Bustianu sentou-se com um meio sorriso. — Foi embaraçante — prosseguiu.

— Mas necessário — completou Bustianu. — Então, o que disse Bartolomeo?

— Nada. Nadica de nada. Como sempre, por caridade, gentilíssimo. Até um pouco polido demais. Quando me apresentei,

---

* Em língua sarda: "Um monte de gente." (*N. da T.*)

** Provérbio em língua sarda: "Casa caída! Casa sepultada!" (*N. da T.*)

nenhum comentário. Disponível, em suma. Não consta nada: nenhuma quantia paga a Piredda, nenhuma ajuda. Nem lhe constava que tivesse partido para a América. Mas, em suas palavras, dessas questões encarregava-se somente o irmão, boa alma. Sem esquecer que a propriedade de Galtellì pertence à cunhada.

— A dona Dolores?

— Exatamente. E portanto terreno fora do seu controle econômico.

— Então a propriedade de Galtelli não estava incluída na empresa agrícola?

— Pois parece que não. Parece, aliás, que Dolores Casùla Pes se ocupava dela pessoalmente.

— Mas isso é muito interessante — comentou Bustianu.

— Embora eu esteja propenso a não acreditar nisso. Em suma, uma mulher que se ocupa dessas questões — prosseguiu o *brigadiere* Poli.

— Eh, *brigadiere*, logo se vê que o senhor não conhece as mulheres dessas bandas!

COISAS ERAM DITAS. POR DIZER, É CLARO, QUE A MAIOR parte das pessoas não se dá conta daquilo que está dizendo quando abre a boca. E é bom lembrar que não havia distrações. O que se podia fazer? Falar disso e daquilo. E o disse-me-disse funcionava bem até sem telefone. De repente alguém fazia uma hipótese, que sei eu: que a fulana estava amigada. No fim das contas, a fulana não só estava amigada, mas também estava grávida.

É preciso dizer, a bem da verdade, que se as pessoas falavam, alguma coisa havia. E depois, nesse caso específico, era tão evidente que as coisas não estavam claras na história da morte de Cosma Casùla Pes que sequer se falava sobre isso. Os olhares cruzavam-se, as sobrancelhas levantavam-se e era dizer tudo. Dizer, por exemplo, que esta história de homicídio caiu mesmo no momento justo, certinha, quando se cumpria o trigésimo aniversário de Bartolomeo Casùla Pes. Que ele, por testamento, se chegasse aos trinta sem uma família própria, de todos os bens só poderia pretender uma renda anual para viver com dignidade, não para se fazer de senhor. E isso era tudo. Em suma, dava o que pensar. Era um fato que parecia bastante estranho. Algo que não passava despercebido. Embora parecesse impossível que aquele santo do Bartolomeo, todo estudos e paróquias... um que não freqüentava... um que parecia tão distinto. Porém o dinheiro ele conhecia, ah, se conhecia! Com ele não tinha conversa, como seu pai Battista que, em 1868 tinha comprado Sa Serra por uns trocados. E tinha ficado com ela até mesmo depois das desordens de 26 de abril. Cosma era outra coisa, mais rude, talvez, sem muita cultura, homem do campo, boa pessoa, sempre fiel à palavra dada. Quando morreu todos sentiram, de verdade.

Para não falar de dona Dolores que se fazia de senhora, de grande dama e parecia a mere e dona de todos. A ela não adiantava pedir nada que indicava sempre Bartolomeo. E o pior é que se entendiam: agarrados ao dinheiro como duas sanguessugas. Dizem que a tal história do testamento de Battista Casùla Pes foi ela mesma quem contou, numa ocasião em que o cunhado tinha se recusado a pedir um aluguel por um terreno de Convento, de propriedade deles, que ficou com a Cúria mesmo depois da abolição da mão-morta. Porque ele era unha e carne com os padres e aquele terreno, que sempre tinha sido cuidado pela Igreja, ele não queria mesmo pleitear. Mas ela nada, não queria ouvir justificativas.

Meu pai contava como uma anedota famosa: dizem que bem no final da novena das Graças ela tinha se voltado para o cunhado e dito que se ele não constituísse família logo, logo, era melhor começar a se preocupar com o pão e não em fazer questão sobre o patrimônio. E contava também que a cara dele ficou branca como tela, mas que não respondeu. Porém Cosma também se virou e riu, dizendo que ainda faltavam dois anos para o prazo e que aquele terreno poderia muito bem esperar tranqüilamente, tanto não havia compradores. Não havia nenhum negócio em vista, em suma, portanto podiam manter o concordado com a Cúria. E depois tinha dito que em dois anos pode acontecer de tudo, até ele partir para o outro mundo e então, trinta anos ou não trinta anos, família ou não família, ficaria tudo para Bartolomeo. Foi então que dona Dolores, conta ele, fez o sinal-da-cruz e disse: "Deus não permita!" E depois falou que não era questão de comprador, negócio ou coisa do gênero, mas lhe parecia absurdo que, com tudo que tinham gasto para resgatar o terreno, não gozassem dos frutos, e que Bartolomeo se recusasse até mesmo a pedir um aluguel simbólico aos padres.

Eu tinha tantas coisas na cabeça! Tantas que me custava colocá-las em ordem. Acontecia-me às vezes, mesmo no escritório. Não reorganizava imediatamente uma pasta e acabava por não conseguir mais encontrá-la. E minha mãe dizia então que as coisas devem ser colocadas em seu lugar à medida que chegam, quando ainda podem ser administradas; que quando se deixa espaço para a desordem, vem o desânimo e não se consegue mais reorganizar nada, perde-se um monte de tempo. Mas, ao contrário, quando se perde aquele bocadinho de tempo necessário para recolocar uma coisa imediatamente em seu lugar, depois é tudo tempo ganho, pois cada coisa está em seu lugar a qualquer momento que se procure...

Raimonda Gungui olhou o filho nos olhos.

— E o que queres que eu saiba sobre essas coisas? Não ando por aí a ouvir bisbilhotices, eu!

Bustianu parou de examinar o guisado de carneiro e funcho que tinha no prato.

— Em suma, o que te parece: que estão em boas relações ou não?

Raimonda deu de ombros:

— Pelo que me consta eles estão em ótimas relações.

— E a questão do terreno do Convento?

— Coisas que se diz por aí, mas não é preciso acreditar, porque além do mais aquele terreno eles compraram e deixaram em confiança com os padres... sem aluguel, como queria Bartolomeo.

— Sim, mas dizem que ele não queria nem comprá-lo.

— Olha, quer saber o que acho? É tudo conversa fiada! Para comprá-lo eles não teriam problema! Só que ele queria comprar para deixar para a Cúria, era ela que não queria saber de deixá-lo em confiança com os padres sem ganhar nem um tostão! Isso é que era! Nada a ver com comprar ou não comprar.

— E Cosma?

— Pois é. Ele, boa alma, fazia aquilo que mandava a mulher, que se consultava com o cunhado.

— Portanto é possível que realmente ele não fosse contrário a um casamento entre Sisinnia e Zenobi Sanna.

Raimonda sentou-se na cadeira bem na frente dele.

— Bustià — disse com calma. — Deixa estar essa história. Esse rapaz arruinou-se com as próprias mãos: devia dar ouvidos a quem sabe mais do que ele. Agora, culpado ou não, dá no mesmo.

— Não, que não dá no mesmo, não! Não é o mesmo, de jeito nenhum! — O tom de Bustianu subira duas oitavas.

— Não grites comigo! — gritou Raimonda. — Eu disse o que penso, mas podes fazer como quiseres. Vai, continua a perder tempo atrás dessas coisas! E acaba o que tem no prato!

Não se dava por vencido. Não conseguia. Não suportava ficar bonzinho e dizer tudo bem, montem a caçada ao rapaz, coloquem sua cabeça a prêmio, assim ele entra no cardápio do restaurante dos delatores e quem comer, comeu. De todo jeito, a ninguém importava saber a verdade. Era mais fácil assim e não se pisavam os interesses lá de cima. Porque os Casùla Pes eram gente difícil de se pedir explicações, porque eles não davam satisfações de jeito nenhum; o que faziam estava feito e ponto final. E se decidiam alguma coisa, era assim e pronto. Não havia força pública ou justiça que contasse.

Não me dava por vencido. Não podia ser. Havia elementos para se fazer uma investigação com tudo a que se tem direito. Mas parecia que não importava a ninguém. Como na pior das tradições, uma vez identificado um suposto culpado, procedia-se como se a palavra "suposto" não existisse.

Fazia a mim mesmo um mundo de perguntas: onde estava Bartolomeo quando mataram o irmão? E dona Dolores se entendia mesmo com o cunhado? Nada de estranho se os dois tivessem resolvido entre eles a questão do testamento. E não me surpreenderia também se descobrisse que haviam organizado até a história dos carneiros. Onde estava dona Dolores quando o marido foi morto? Quem pagou a passagem para a América e facilitou a partida de Luigi Piredda?

Eis, pensava, a outra face do foragido. Eis o resultado das fórmulas cômodas, fáceis. Porque, falando abertamente, as minhas perguntas seriam normais, procedimento ordinário em qualquer outro lugar. Nós aqui temos os foragidos, disse para mim mesmo. Os de verdade e os supostos.

Cosma Casùla Pes poderia ter sido morto por pelo menos três pessoas.

O irmão, cujos movimentos no dia do homicídio não eram conhecidos, embora, a bem dizer, ninguém lhe tenha perguntado sobre eles.

Dona Dolores — sim senhores, ela mesma. Motivos teria. Um marido afetuoso, mas por demais modesto, pouco empreendedor, pouco homem para decidir, para acumular. Eu não me surpreenderia que se viesse a descobrir que foi ela quem atirou no marido. Em ambos os casos se explicava por que Cosma permitira que seu assassino pegasse o fuzil sem suspeitar de nada. Cosma não dormia quando foi assassinado! Posso apostar a casa: ele não estava dormindo. Estava acordado e de pé. Viu muito bem quem o matou, quem pegou o fuzil apoiado à oliveira. E não fez nada. Nadica de nada. Por quê? Porque conhecia o seu assassino...

Mas eu disse três pessoas: Bartolomeo, e tudo bem; dona Dolores, e tudo bem, mas havia também Luigi Piredda. E quem ainda poderia pegá-lo? Quem sabe onde foi parar? Na América... Talvez o seu trabalho fosse justamente esse, o trabalho pelo qual foi pago, quero dizer.

Subsistia até mesmo a hipótese de que o assassinato de Cosma Casùla Pes não tivesse nenhuma ligação com a simpatia entre Sisinnia e Zenobi.

As coisas tinham se arranjado de tal modo que contentavam a todos. Exceto Zenobi, exceto Sisinnia, exceto tia Rosina.

Exceto eu.

A FESTA DE DESPEDIDA PARA O PROCURADOR DO REI NA CASA dos Mastinos não começou bem. A mulher do prefeito de Oliena sentiu-se mal. Apertada em roupas continentais, um modelinho que lhe adelgaçava os flancos abundantes, desmaiou justamente alguns minutos depois da entrada de braço dado com o marido. A viagem, quem sabe. Uma seqüência de curvas que a caleça enfrentara com calma nervosa para levá-los até Nùoro naquela fria noite de 16 de janeiro de 1868. Seguiu-se o alvoroço de praxe, senhoras que tinham conselhos infalíveis, médicos que, em ordem de importância, lhe tomavam o pulso, domésticas que se apressavam a umedecer paninhos de linho.

Bustianu limitou-se a observar tudo de uma posição afastada. Encontrara uma poltroninha cômoda, cômoda nas laterais do pequeno salão onde com precisão febril se preparava a mesa para o jantar. Vieram camareiros de libré, um *chef* renomadíssimo e uma soprano de Cagliari. A orquestrinha, pouco mais que um quarteto de cordas, tomara posição no salão contíguo, o de baile, e miava as últimas valsas vienenses.

Estavam todos lá. O *duunvirato* notarial; Salvatore Maccioli e o nob. Salvatore Satta Carroni. Nob. Queria dizer nobre. Sobre a gênese de tal nobreza alguém poderia criar um romance...

Estava o foro nuorense em peso: Luigi Are, Salvatore Satta Marchi, Giuseppe Pinna e, naturalmente, o dono da casa, o advogado Francesco Mastino.

Estava o engenheiro Luigi Mura. E dom Podda, o arcebispo. E os Callari, os Pirari, os Siotto, os Galisai...

Seguia-se o potentado oficial, distinguindo-se pela elegância rústica e por não ter renunciado aos trajes tradicionais.

Depois vinham os prefeitos de Orgosolo, Bitti, Mamoiada, Nùoro e o de Oliena, do qual já se falou por conta do mal-estar de sua senhora.

Estava também o *brigadiere* Poli em uniforme de gala, no grupo dos representantes das tenências e do Comando de Cagliari.

O procurador do rei e sua senhora chegaram pontualíssimamente com vinte minutos de atraso.

Aqui e ali, nos espaços contíguos reservados à recepção, iluminados por uma instalação de luzes atualíssima, bruxuleavam velinhas, plumas e até leques. Vestidos *à la dernière mode parisiènne* martirizavam *silhouettes* abundantes, evoluindo em graciosas mangas bufantes e generosos *décolletés*.

— Então, veio? — perguntou o *brigadiere* Poli estendendo a Bustianu um cálice com um líquido palhete e frisante.

— É — fez ele para dizer que não tinha sentido repetir o que era evidente.

— Não está com ar de quem está se divertindo muito — continuou o *brigadiere*.

— De fato, não estou me divertindo — confirmou Bustianu.

— Todos procuram pelo senhor, especialmente as senhoras, creio que querem que leia alguma coisa, alguma de suas poesias.

— Nesse caso prefiro que não me encontrem. Caio em contumácia. Diga que não me encontrou.

— Não posso — esgrimiu o *brigadiere*. — A dona da casa não me perdoaria jamais e depois jurei não mentir.

— Então diga que me encontrou, mas que não me deixei prender!

— Nesse caso hão de me obrigar a organizar uma batida, talvez até a fixar uma recompensa pela sua cabeça...

A dona da casa chegou nesse momento.

— Olha que esta noite não aceitarei recusas, não mesmo, não se faça implorar, Bustià, uma coisinha terás que ler. Mas não me assuste os hóspedes com coisas tipo os *Versos rebeldes*, leia-nos alguma daquelas coisas tão bonitas que sabes fazer, cheias de sentimento...

— Esta noite não! — interrompeu-a Bustianu. Seu tom não denotava fastio, contudo também não admitia réplicas. — Não quero arruinar tua festa — acrescentou, segurando o braço da dona da casa. — Depois o teu marido acaba deixando de cumprimentar-me. Bom esse vinho... — deslizou a certa altura. — Quando começa a cantora?... De Cagliari, veja só!... Não vejo a hora de ouvi-la...

O *brigadiere* Poli alargou o rosto em um leve sorriso quando o viu caminhar, com a senhora Mastino que não ousava replicar, em direção à sala da orquestra.

— A identidade! — estava dizendo o procurador do rei em pessoa, antes de morder uma batata cozida. — A identidade desse povo tão laborioso, tão franco em sua rústica sobriedade, mas, permitam-me, tão melindroso! Não há lugar onde não se contrabandeie algum arbítrio à luz dessa palavra. Um sacripanta qualquer perpetra um furto? Identidade. Um jovem rebelde recusa a ordem constituída? Identidade... — seguiu-se um silêncio que, se não fosse rompido pelo som dos talheres, seria embaraçante. — Nunca fui propenso a favorecer estas inclinações — insistia o procurador. — Por Baco! Uma nação é uma nação! Será preciso fazer alguns sacrifícios! O progresso e a modernidade têm lá o seu custo! E que me seja permitido... — acrescentou dirigindo-se a Bustianu. — ...me seja permitido dizer que freqüentemente nos vemos obrigados a retificar costumes de molde dramaticamente medieval, para ser condescendente, pois o que me veio de dizer foi primitivo.

Bustianu fitou por alguns instantes o acompanhamento de batatas cozidas que circundava um medalhão de filé com pimenta-do-reino. Espetou uma batata quase como se a decisão de comê-la fosse a mais importante de sua vida.

— Primitivos — disse a certa altura, abandonando o garfo na borda do prato. — Tão primitivos que muitos estudos antropológicos "moderníssimos" indicam tais usos como modelos de convivência ainda atuais.

— Isso são *boutades* — interrompeu-o o procurador do rei. — Referem-se a questões puramente acadêmicas, não à administração de uma nação!

— Refiro-me à livre fruição dos territórios dominiais, agora modernamente negada. Refiro-me àquela modernidade que criou o latifúndio onde não existia, excelência. Éramos primitivos, a Idade Média quem trouxe foram precisamente os senhores!

— Idade Média, Idade Média... O que haverá de tão tremendo na Idade Média?... — comentou o cônego Podda dirigindo-se à mulher do prefeito de Bitti, que estava a seu lado.

— As teorias socialistas: tudo de todos! Assim ninguém assume as próprias responsabilidades. — O tom do procurador do rei fez-se um pouco mais ácido. — E salva-se a identidade. Não é isso que lhes interessa?

— Não pretendia isso, se posso permitir-me — interveio o dono da casa. — Bustianu é brusco, mas não está totalmente enganado: um modelo de nação deve ser pensado em comum. Aquilo que funciona para os sicilianos, nem sempre funciona para os sardos.

— Também sobre a identidade nós não pensamos da mesma maneira, excelência — esclareceu Bustianu. — Talvez fique surpreso ao saber que considero uma aberração o conceito imóvel de identidade que o senhor parece me atribuir. Sou a favor de uma identidade transitória, em movimento, que encontra em si mesma os mecanismos para não se deixar anular...

— Talvez beneficiando aqueles que preferem a lei de Talião, as normas atávicas, à legislação vigente, aquela que é igual para todos! — O sarcasmo do procurador fazia-se excessivo.

— É um dado de fato que enfrentamos grandes dificuldades para introduzir normas que freqüentemente são incompreensíveis para a gente daqui — borbotou o prefeito de Bitti, clareando a garganta.

— Já entendi onde os senhores pretendem chegar... — lamentou-se o procurador. — Querem o melhor sem pegar também o pior! Querem as prerrogativas sem os sacrifícios.

— Queremos contribuir — cortou Bustianu.

— Mas precisamos continuar a falar de coisas tão aborrecidas? — interveio a senhora Mastino. — Estamos aqui para festejar e os senhores, como sempre, nos entediam com essas discussões impossíveis. Proponho um brinde — disse erguendo o cálice...

— Como sempre, não consegues segurar a língua, Bustià! — reprovou-o Francesco Mastino. Estavam sentados diante de uma xícara de café fumegante, afastados.

O procurador do rei, do outro lado do salão, contava histórias amenas para um público todo masculino envolto em uma nuvem de denso fumo.

— ...Até minha mulher quis atirar — estava contando. — Pegou então o fuzil e o disparo jogou-a para trás como um foguete. As mulheres... — comentava. Alguém riu.

Bustianu pulou de pé, buscou um lugar para apoiar sua xícara.

— Preciso falar com o *brigadiere* Poli!

Francesco Mastino olhava para ele, perplexo.

— É isso, é isso! Eu tinha que ter pensado nisso antes, raios! Tenho que falar com o *brigadiere*! — continuou Bustianu, sem lhe dar atenção.

— Ainda essa história! — exclamou Francesco Mastino obrigando-o a olhá-lo.

Mastino afirmava que eu era infantil. Afirmava que toda essa história se transformara em uma espécie de fixação. E era verdade. Creio, porém, que era o primeiro a compreender-me. Porque sabia até que ponto eu estava decidido a fazer valer a dúvida contra a certeza. E acontecia o mesmo com ele e com bastante freqüência. Avivei-lhe a memória fazendo presente que ele conseguira absolver, contra todas as previsões, aquele pastor de Ovodda envolvido no seqüestro do doutor. Que ele não se rendera, seguira em frente apesar de tudo.

Era claro, agora tudo estava perfeitamente claro. Como é que eu não pensara antes. O tiro! Fora ela! Assim tudo se encaixava.

Suportaria qualquer censura. Naquele momento eu poderia agüentar até mesmo o sarcasmo. O sarcasmo daqueles que comentavam que debaixo da minha cinza queima sempre algum tição ardente. E que talvez dessem nome e sobrenome a esse tição: Zenobi Sanna.

Pois bem, é isso mesmo! Admito antes de qualquer um. Passavam-se os meses. As coisas pareciam seguir um curso preestabelecido. Eu, porém, não me dava por vencido.

E se pensavam que para essas plagas do reino era suficiente uma justiça sumária, uma justiça qualquer, desde que houvesse, estavam enganados.

Que talvez sejamos muito teimosos, muito ligados ao velho, muito pouco dispostos a ceder, mas não estúpidos. Estúpidos não!

E muito menos incivis do que eles pensavam!

As pessoas falavam. Diziam um monte de coisas. Mais o tempo passava e mais aumentava a recompensa pela cabeça de Zenobi. Viam-no em toda parte. A dar ouvidos aos boatos, fazia parte de todos os bandos. Com os piores delinqüentes. Da última vez fora visto simultaneamente em dois lugares diferentes. Como Billy the Kid. *Su bellu de Nùgoro.** O legendário salteador angélico e cruel. Impecável em seu cavalo, foi visto pelos lados de Cuglieri apenas algumas horas depois de ser reconhecido na região de Orune. Diziam que estava de conluio com aquele delinqüente do Derosas e muitas coisas mais. Contavam que apagara pelo menos dez pessoas quase sem se fazer ver, com sua mira infalível. Tão infalível que até mesmo Corbeddu de Oliena tirava o chapéu só de ouvir seu nome.

Para não falar das atividades amorosas. Se fossem perguntar, dez mulheres em dez estariam dispostas a morrer por ele.

Uma lenda. A pior das doenças. Um hábito estreito para uma pessoa que só queria se casar, construir sua vida.

— Queriam fazer coisas superiores às suas forças, isso é fato. Com aquela mãe que sempre o tratou como um principezinho, embora eles sejam gente comum. Brava gente, mas gente comum — estava dizendo Raimonda, enquanto umedecia os panos para passá-los a ferro.

Do lado de fora da janela, fevereiro começava a aquecer as tardes.

Bustianu levantou a cabeça do livro que estava lendo. Olhou para a mãe, franziu o lábio superior.

— Nada de casta ou nada de justiça — disse, fechando o livro sobre o dedo para não perder a marca.

---

* Em língua sarda: "O belo de Nùoro". (*N. da T.*)

Raimonda deu um longuíssimo suspiro. Não ousava encará-lo. Estava absorta em pensamentos distantes. "Queres mudar o mundo", refletiu. "Mas no final é o mundo que acaba por mudar-te: as coisas são o que são."

— Então é melhor poupar-me do esforço de viver nesse mundo — comentou Bustianu retomando a leitura. Seguiram-se alguns minutos de silêncio, nos quais o único barulho era o tique-taque obstinado do pêndulo no vestíbulo. — Às vezes me pergunto — disse a certa altura Raimonda — que raça de cabeça tens. Em suma, tudo bem esforçar-se por um cliente que coopera, mas esse Zenobi Sanna parece que nem quer ser defendido! Não faz nada, ora! Nem aparecer ele aparece, é o que digo!

— Tenho certeza de que as coisas aconteceram de forma diferente. E tenho certeza de que eles absolutamente não querem investigar essa história. E, se penso assim, imagina se ele também não pensa. Por isso não se constitui. Se ele tivesse alguma garantia, quem sabe...

— Garantias! Pareces até teu pai! Dessa maneira ainda vais acabar tendo problemas. O que estás pensando, que as pessoas não falam? Que por aí não se sabe o que está acontecendo? Essa é uma questão de dinheiro, e muito dinheiro! E quando se diz béns, terra, gado, se diz tudo, deu para entender?

— Foi ela...

— ...Pela santa alma de teu pai, que Deus a tenha! Não quero nem ouvir falar nisso!

— Ela! Não há outra explicação. Foi encontrá-lo em Marreri e atirou nele. Eis por que ele não se defendeu.

— Cala-te, tapa essa boca! Não quero ouvir essas coisas!

Dizem que tia Rosina, a mãe de Zenobi, depois de muito insistir, tinha conseguido convencer o filho a falar com Bustianu. Tentou de tudo, a pobre, no final chantageou-o dizendo que se não fizesse o que pedia, ia amaldiçoá-lo do túmulo, pois era para lá que ele a estava levando com sua teimosia. E o filho, embrutecido pela contumácia, envenenado pelo pensamento de ser como um animal caçado, envelhecido pela vida atroz de um procurado, tinha pedido uma refeição quente e tinha dito que sim, que ia encontrar aquele advogado tão maravilhoso. Embora para ele um advogado pudesse até ser uma ótima pessoa, mas nunca seria totalmente seguro.

E a mãe a jurar e rejurar por Deus e por todos os santos do paraíso que se alguém lhe desse uma punhalada pelas costas, jamais seria ela, quem ele pensava que ela era? Alguém capaz de trair o próprio sangue? E chorava em silêncio, como sabem chorar as mães pelos próprios filhos.

E Zenobi disse que estava certo. Melhor dar um fim àquele tormento de advogado! Que pior do que estava não podia ficar, com um homicídio nas costas.

Assim, tia Rosina tinha esquentado o filindeu*, preparado a tina de água quente para que se lavasse, passado camisas e roupa de baixo limpas e depois, pouco antes de despedir-se, tinha perguntado quando. E Zenobi, saindo pela porta que dava para a horta umas duas horas antes da alvorada, disse: eu aviso. E ela, abraçando-o bem apertado, disse: você prometeu. E ele, carregando nas costas o bornal crocante de pão *carasau* e cheio de *casizoli*,** faço isso pela senhora.

Encontraram-se frente a frente. Topara com ele logo a dois passos de casa. Eram quase dez da noite. E estava um céu de piche, sem lua.

— Vamos para um lugar mais seguro — disse Zenobi, abrindo caminho.

Bustianu não se moveu. Mal o percebia na escuridão.

— Minha casa é um lugar seguro — disse. — Já que se apressou a chegar até a porta...

— O senhor não está sozinho — disse o jovem.

Bustianu tirou o cebolão do bolso do colete.

— A essa hora é como se estivesse. Minha mãe dorme do outro lado da casa e a empregada não dorme conosco — informou. — Vamos até o meu escritório. Ninguém vai pensar em procurá-lo por lá.

Zenobi observou por alguns segundos, depois sorriu. Seus cabelos, seus olhos, seus dentes furavam a escuridão.

— Desculpe a desconfiança — disse ajeitando o fuzil no ombro.

---

* Tipo de queijo que se come derretido em sopa ou caldo, ou o prato assim preparado (*N. da T.*).

** *Carasau* (originalmente papel fino usado em partituras): pão finíssimo de trigo ou sêmola, de longa duração. *Casizolu* (no plural *casizoli*), queijo coalho, suave, geralmente em forma de pêra, à base de leite de cabra (*N. da T.*).

— Estou aqui por minha mãe — esclareceu, adiantando-se para a entrada da casa de Bustianu.

Entrando no escritório do advogado olhou ao redor como se esperasse uma emboscada.

— Aqui não há perigo algum — repetiu Bustianu acendendo a lâmpada em cima da mesa.

Zenobi apoiou o fuzil em um canto cheio de pastas e ficou de pé diante da escrivaninha.

— Sente-se — disse Bustianu indicando uma poltrona em sua frente. Depois inclinou-se para remexer no interior da portinhola de um pequeno móvel baixo que estava seu lado. Vendo-o reemergir, o olhar de Zenobi correu para a carabina abandonada não muito distante. — Devo ter alguma coisa de beber por esses lados, aqui está: *vernaccia** — disse Bustianu, erguendo a garrafa antes de aparecer com o busto acima do tampo da escrivaninha.

Zenobi pareceu desinflar.

— Não confio em mais ninguém — tentou desculpar-se com um outro sorriso. E para Bustianu ficou evidente o poder daquele sorriso, o poder daquele rosto que era perfeição, harmonia de linhas puríssimas. Viu-se pensando o quanto as pessoas que se amam acabam por parecer-se e escrutou no rosto de Zenobi a perfeição do rosto de Sisinnia. — Em alguém você precisa confiar se quer sair dessa situação.

O rapaz sacudiu a cabeça.

— O que está feito, está feito, advogado! Esperanças não existem.

— Existem e muitas! A acusação dos carneiros já caiu.

— Ah, aquilo... — comentou Zenobi, dando de ombros.

— Não despreze as coisas, isso foi importante. Um ato que não cometeu e pelo qual foi condenado. E há uma fotografia como testemunha.

---

* Cepa de uvas cultivadas na Sardenha; o vinho feito com elas. (*N. da T.*)

Zenobi foi se sentar. — Ele não levou? — perguntou.

— Não, Luigi Piredda deixou-a com a mãe antes de partir ou talvez tenha sido entregue diretamente a ela quando ele já tinha partido, o que conta é que agora está conosco.

— Então o fotógrafo foi assassinado por nada.

— Por nada.

— Tem uma data naquela fotografia: 28 de dezembro. Quero saber se é a data certa.

— É essa mesmo. Mas o senhor vai ver, vão dizer que qualquer um pode colocar uma data quando quiser...

— De fato, poderiam dizer, já pensei nisso. Mas tem também um número de série.

— Sei que tem o número, mas sempre podem dizer que esse também fui eu que escrevi, o incêndio destruiu tudo.

— Já pensei nisso também, mas não podem dizer que a foto não foi tirada em Galtellì.

Zenobi tentou um outro sorriso.

— E daí? — disse. — Eu a Galtellì ia pelo menos uma vez por mês. Viu, não há nada, nada de nada — acrescentou depois de alguns segundos.

— O *brigadiere* Poli não acha isso. Mas...

— ...Mas está de pés e mãos atados, advogado. E conta tanto quanto um dois de paus se o trunfo é copas.

Bustianu teve que admitir que sim, que Zenobi tinha razão.

— Sim, mas isso não pode nos desanimar, não pode nos distrair.

— Estamos amarrados, advogado — comentou amargamente Zenobi. — Se eu pudesse dizer tudo o que sei...

— Pode dizer para mim. Talvez a gente consiga resolver isso.

Zenobi deixou-se cair contra o espaldar da poltrona, cerrou os olhos como se quisesse expulsar uma imagem indesejada.

— Tem gente no meio que não quero, não posso envolver.

— Sisinnia?

Zenobi fez um gesto imperceptível com a cabeça.

— Ela não pode entrar nessa história, prefiro me entregar, prefiro que me matem.

— Vamos falar daquela tarde, quando Cosma Casùla Pes foi morto.

Zenobi esfregou o pescoço e a nuca com mão.

— Eu estava lá — disse simplesmente.

Bustianu deu um salto debruçando-se sobre o tampo da escrivaninha.

— Lá? — Estava com a garrafa de *vernaccia* no ar.

— Em Marreri, para ver Sisinnia — confirmou Zenobi. — Ouvimos o tiro. E pensamos que Cosma tivesse pego uma lebre ou um perdiz. E depois...

— E depois?

— ...Sisinnia se assustou, fomos até a oliveira velha e vimos o que havia para ver.

— Quem vocês viram, Zenobi?!

— Não posso — limitou-se a dizer ele. — O senhor sabe que não posso falar...

— Dona Dolores? — perguntou Bustianu os lábios tremendo.

Zenobi continuou a sacudir a cabeça.

— Confie em mim! Se for possível fazer algum coisa por você e por Sisinnia... fale comigo!

— Os patrões — rendeu-se Zenobi.

— Bartolomeo? — encalçou Bustianu.

— Bartolomeo e dona Dolores — confirmou Zenobi. — É uma história de família, advogado. É uma coisa que se resolve dentro de casa. Cosma tinha idéias bem particulares. Estava furioso com o irmão. Tinham discussões contínuas sobre um certo terreno...

— O terreno do Convento.

— O terreno do Convento. Cosma queria dá-lo como dote a Sisinnia. E Bartolomeo não estava de acordo.

— E dona Dolores?

— Oh, ela nunca diz nada, ela faz. É uma pessoa que a gente nunca sabe o que está pensando. Tente perguntar-lhe onde estava naquela tarde. Os dois estão de conluio, advogado, e eu sou um homem morto.

— De conluio. Por quê? Não entendo, que interesse podia ter dona Dolores em mandar matar o marido? Ou em matá-lo?

— Ela seria bem capaz. — Escapou-lhe uma risada, a Zenobi. — Até de mais.

— Então foi assim que aconteceu, na sua opinião?

— Não sei, não falo do que não conheço: só sei que eles estavam lá naquela tarde. E que dona Dolores tinha se insinuado para o cunhado, seu avogá, não sei se me explico bem.

— Explicar, explica. Só fico me perguntando por que é que não me disse isso antes.

— O senhor sabe por quê. Se alguém tem que destruir a família de Sisinnia não quero ser eu, antes cumprir cadeia... Ela não viu nada, corria o melhor que podia atrás de mim.

— Se as coisas aconteceram desse modo, logo veremos.

— O que o senhor pretende fazer?

— Pretendo desentocar a fera e para fazer isso é preciso remexer a toca, entende?

— Dona Dolores?

— Ela mesma. De dom Bartolomeo, cuido eu. Você vai ver: se uma certa coisinha que armei der certo, ele logo vai botar a cabeça de fora. Está com fome? Se me seguir até a cozinha talvez tenha alguma coisa.

— Não, obrigado. Não tenho fome. Por que está fazendo isso?

— Isso o quê?

— Por que está fazendo tudo isso? O que vai ganhar com isso?

— Nada, é meu trabalho...

Ele tinha um plano muito esperto, era uma raposa, Bustianu. Pensava que se conseguisse romper aquela espécie de corrente de interesses que tinha se criado entre dom Bartolomeo e dona Dolores, talvez eles partissem um para cima do outro. A morte de Cosma arranjava muitas coisas. O patrimônio, por exemplo, que não estava mais à mercê da cláusula dos trinta anos. Porque dona Dolores era esperta o suficiente para saber que, não importa como andassem as coisas, dom Bartolomeo tinha encontrado uma escapatória para não ter de renunciar à sua parte. Mas sabia, sobretudo, que o marido era fraco demais para não ceder diante do irmão, dividindo a propriedade em duas. A avidez em forma de gente. Por que dividir aquilo que ela podia ter inteiro? Assim se resolvia a questão: passado o período de viuvez, também dona Dolores passava de um irmão para o outro. Em todo caso, alguns erros ela acabou cometendo: o primeiro foi pensar que Bartolomeo fosse mais fácil de manobrar do que o marido, o pobre Cosma; o segundo foi subestimar o sentimento que ligava Zenobi a Sisinnia. E esse foi um erro muito grave, porque a tentativa de afastá-los redundou num vínculo ainda mais forte.

Em poucas palavras, o plano de Bustianu era despertar em dona Dolores e dom Bartolomeo a suspeita de um contra o outro, fazendo que os dois se revelassem.

Assim, fez uma daquelas coisas que, pensando depois, parecem loucura, mas que no momento parecem a única coisa a fazer. Escreveu uma carta anônima, copiando uma que lhe pareceu adequada entre as inúmeras que já tinha recebido. Ficou quase a noite toda recortando e colando uma letra após a outra:

Olhem essa boa bisca da dona Dolores Casùla Pes, que se faz de santa, mas é o diabo em pessoa. Por minha fé, ela estava em Marreri quando dom Cosma foi morto. Um amigo.

Releu, era plausível e mal não podia fazer. Podia embaralhar as coisas, dar ocasião para que a força pública interviesse, verificasse, ouvisse a interessada. Romper a imunidade. E obrigava-a a apresentar um álibi. Supondo-se que tivesse algum.

Lavou-se, vestiu-se, colocou a carta no bolso e de manhã bem cedo foi até o quartel.

— É plausível, tenho que admitir. Mas uma coisa é levantar uma hipótese, outra é apresentar provas. E o senhor sabe que uma denúncia anônima deixa as coisas no mesmo pé em que estavam. — O *brigadiere* Poli tinha um ar cansado.

— Só um controle, justo para lavar a consciência, *brigadiere*, o senhor não vai querer ser obrigado a reconhecer que não fez tudo o que deveria ter feito! — Bustianu inclinou-se ligeiramente na direção dele para conseguir falar a meia-voz. — Está claro, *brigadiere*, insistiu. — O coice, *brigadiere*. Foi ela! O disparo empurrou-a para trás, mirou o peito do marido, mas atingiu o pescoço, o queixo, o rosto. Por isso o tiro parecia tão impreciso. Zenobi teria acertado com uma bala sem sequer precisar chegar perto. E teria usado o próprio fuzil, nunca pegaria o da vítima. Cada dono conhece o seu fuzil como conhece o próprio cão. Zenobi nunca iria atirar com uma arma estranha: é assim tão difícil de entender?

— É uma acusação gravíssima. Não basta uma carta anônima. Se eu fizer o que me pede, adeus reaproximação de casa: hão de me mandar sabe-se lá para onde até a aposentadoria. E, depois, tenho os dias contados no comando, está para chegar o oficial encarregado.

— Mais uma razão para essa satisfação: fechar com chave de ouro. Talvez, quem sabe, uma coisa bem feita possa lhe valer uma promoção. Ela tinha os meios e a ocasião, *brigadiere*. Usou o quinteiro de Galtellì para eliminar o fotógrafo, depois financiou a viagem dele para a América. Tudo às escondidas do marido.

— Sim, mas a questão dos carneiros...

— Ora, aquilo é procedimento ordinário. Uma mulher do gênero não precisa de muito esforço para convencer o marido de que esse seria o modo mais rápido de eliminar o risco de Sisinnia fazer um casamento errado. Ela é ambiciosa. Tem medo de ver o patrimônio virar fumaça. Tem medo de que o cunhado possa se casar em tempo e abocanhar o seu quinhão de terra.

— Mesmo admitindo tudo isso, o que ficou resolvido, no fundo? O risco de que o cunhado arranje mulher ainda persiste.

— Com certeza, mas agora ela é uma das candidatas. É uma mulher bonita, belíssima mesmo. Não me surpreenderia que fosse amante de Bartolomeo, e há muito tempo.

— Isso eu excluiria. As relações entre eles não parecem nada boas.

— Em público, *brigadiere*, em público! Mas considere a coisa da seguinte forma: a saída, freqüentadíssima, da novena de Nossa Senhora das Graças lhe parece uma ocasião adequada para discutir questões patrimoniais?

— Não, adequada não é. Mas é sabido que as mulheres nunca são adequadas.

— Não essa mulher, *brigadiere*. Os trinta anos do cunhado estão se aproximando. Ele parece perigosamente influenciado pela Cúria. Não seria de estranhar se houvesse no ar um casamento arranjado pelos padres. Ela precisa agir rapidamente. Precisa de um bode expiatório. Zenobi é perfeito. Perfeito! E fez tudo sozinho quando virou foragido. Uma ocasião única. Ela ficou à espera da condenação de Zenobi, prisão ou contravenção que fosse, mas de qualquer maneira faria a morte do marido passar por represália sua. Que Zenobi tenha caído no mundo simplesmente facilitou as coisas. Investigação encerrada. Culpado encontrado.

— Estou vendo as coisas difíceis, advogado. Difíceis de provar.

— Nem tanto, se fizermos as coisas certas. São dois gigantes com os pés de barro. Sem um pretexto são intocáveis, mas basta um nada para que as coisas todas se precipitem. Eles vão acusar um ao outro, *brigadiere*...

— De forma que, em criar um pretexto o senhor mesmo pensou — comentou o *brigadiere*, olhando a carta anônima.

Bustianu alargou os braços.

— Se é só o que temos, mal não há de fazer.

Tratava-se de ficar em cima dessa história. E de fazer os movimentos justos. O *brigadiere* Poli se ocuparia de dona Dolores, pediria uma entrevista com ela, contaria da carta anônima. Ventilaria certas suspeitas sem fazer acusações diretas.

No mais, era só esperar. E também prever o que iria acontecer. Se eu tinha razão, o terreno do Convento estaria em perigo para a Cúria. Se a influência de dona Dolores era tão grande quanto eu supunha, os padres corriam o risco de ver secar uma notável fonte de renda. Portanto, melhor começar pelos padres. Eu precisava me ocupar dos padres e também de Bartolomeo Casùla Pes.

Aquela entrada de Bustianu na igreja entrou para a história. Porque o que ele pensava dos padres e da igreja em geral todos sabiam... mas vamos deixar pra lá, ele tem algum acordo com Deus. Anticlerical até a medula, pelo menos isso temos que reconhecer, excelente pessoa, repito e torno a repetir sempre, mas um pouquinho daqueles que água benta... bem, já deu pra entender.

Em suma, com a desculpa de verificar alguns documentos no arquivo dos batismos para pendências legais, apresentou-se na Cúria. Tranqüilo, como se fosse de casa naquele lugar que sabia de velas e de incenso. Dom Podda, o arcipreste, quase caiu duro pra trás quando o viu.

— Esperem antes de mandar matar o vitelo gordo! Estou aqui por questões burocráticas — disse Bustianu, abrindo os braços como um ator mambembe que cumprimentasse o público.

O arcebispo sacudiu a cabeça quase a lastimá-lo.

— Tudo pode acontecer, advogado, às vezes se começa com questões burocráticas e se acaba ajudando a missa.

A Bustianu lhe veio de rir.

— É verdade — disse —, as coisas assumem às vezes um jeito que não previmos, quem pode saber?

— Advogado, o senhor fala como se no seu caso fosse mais fácil voar — esgrimiu o arcebispo.

— O senhor é esperto demais para mim, dom Podda — concedeu Bustianu. — Com o senhor eu não posso. Além do mais, o senhor tem coisas mais importantes a fazer do que estar atrás de um pecador candidato às chamas.

— Se está nos desígnios de Deus, advogado, nem eu nem o senhor poderemos fazer nada. O que lhe interessa exatamente? — sondou dom Podda, obrigado a olhar para cima para encarar Bustianu, que era dois palmos mais alto que ele.

— Oh, é um favor para um amigo que precisa preparar a documentação de aquisição de um terreno... Entenda a minha reticência, trata-se de contratação privadíssima. Quem diria... Aquele terreno à venda...

O arcebispo encarou Bustianu com uma estranha luz nos olhos.

— Um terreno? — perguntou falando mais consigo mesmo do que com Bustianu.

— Empenhei minha palavra, não me faça falar — dificultou Bustianu. — Só posso lhe dizer que a oferta é boa, realmente boa. Por aquele terreno, depois... Mas a contratação é particular, por isso aceitei preparar toda a documentação, o senhor entende? Não é minha área. Sou criminalista. De todo modo, não estou dizendo nada que o senhor já não soubesse... Imagina se não sabe, o senhor... Que...

— ...Quê? — O arcebispo pendia de seus lábios.

— Mas não, deixe estar, não me venha dizer... justo a mim! Não me olhe dessa maneira. Sou uma pessoa discreta, se estou mencionando ao senhor é porque estou certo de que já o advertiram...

O arcebispo começava a agitar-se.

— Certo, certo... — balbuciou. — Acho que compreendi a que assunto o senhor se refere. — Mas não entendera nada. Dom Podda começou a deslizar o dedo indicador por dentro do colarinho duro, como se tivesse ficado repentinamente apertado.

— E assim uma história infeliz pelo menos acaba bem... E mais não digo... Em suma, um matrimônio que arranja tudo e o tal terreno fica novamente à disposição da família e, se chegarem a um acordo sobre o preço, hão de obter um belo pé-de-meia, isso eu posso lhe dizer em confidência... De qualquer forma, confidência por confidência, aqui eu digo, aqui mesmo eu nego, ouvi dizer que vai sobrar um generosíssimo emolumento também para a Cúria, para os senhores, em suma... Afinal, cuidaram daquele terreno todo esse tempo... Fui claro? Não me faça dizer mais nada, por favor...

O arcebispo oscilou um pouco. Procurou um ponto de apoio qualquer, parecia não ter ar suficiente à disposição.

— O terreno do Convento — arquejou.

Bustianu levou alguns segundos para assentir com uma levantada de sobrancelhas.

A isca fora jogada. Agora era preciso esperar que abocanhassem.

Não demorou muito tempo.

Meu lugar ficava em uma clareira nua que fazia um terraço na direção da vertente oriental de Badde Manna. Em cima do monte de Sant'Onofrio. E o solzinho da incipiente primavera já expedia seus brilhos afogueados. Ajeitei-me em cima da minha pedra. Uma poltrona de granito que o vento esculpira para mim. Apoiei o queixo nas mãos unidas no topo do bastão e fiquei a olhar. Um açor sondava o terreno em busca de lebres e ratos-do-mato. Uma baforada de nuvens baixas escurecia a luminosidade opalescente da tarde iniciante. O verde do vale era gordo como se o terreno estivesse pronto para explodir em uma turbulência muda:

Nel silenzio la terra
*La grande anima esala**

Que é verde. Uma grande alma verde que abre espaço entre os granitos acinzentados. Esta sim é a paleta de Ballero. Agora é possível reconhecer o traço poroso da linha do horizonte, no fundo, no mar, superada a crista das Dolomitas olianesas. E a bruma borralhenta que afunda no arco azul turquesa do golfo de Orosei.

Depois ouvi alguém atrás de mim.

Um jovem de zimbro petrificado respirava às minhas costas esperando que o fluxo de meus pensamentos se interrompesse. Voltei-me. Era pequeno. Hirsuto de abundante e escuríssimo pêlo nos antebraços e nos maxilares.

— Diga-me — atacou o fauno quando acabei de virar-me para ele. — É o senhor o advogado?

— Perfeitamente — foi a minha resposta.

— Há uma pessoa que deseja lhe dizer duas palavrinhas, se não lhe é incômodo seguir-me... — Tinha uma voz de adolescente, mas já superara os vinte anos.

— E quem seria essa pessoa? — perguntei ao rapazinho.

— É pessoa de importância, seu avogá! E então, o senhor vem?

---

* No silêncio a terra/ a grande alma exala. (*N. da T.*)

Era o que eu estava esperando há uma semana. Acenei que sim. O baixinho não hesitou um segundo. Sem esperar que eu me levantasse, pegou a descida, precedendo-me em alguns passos.

Ao chegarmos à altura do quartel dos carabineiros olhei em volta. Uma sentinela preguiçava diante da entrada.

Olhando para o meu acompanhante fui ao encontro do militar.

— O *brigadiere* Poli está no quartel? — perguntei-lhe, com o rabo do olho na direção do homem que, sem mover um músculo, esperava que eu acabasse.

A sentinela acenou que sim, que estava.

— Preciso enviar-lhe uma mensagem urgentíssima: chegou o momento de fazer aquela visita... Só isso, ele vai entender — concluí — vendo que a sentinela me olhava como se eu fosse doido.

Depois voltei para o meu fauno.

— O que o senhor está pensando? — perguntou-me ele, divertido.

— Nunca se sabe — disse com o tom de alguém que sabe de tudo. — Seguro morreu de velho.

Fizemos ainda alguns passos. O homem ria consigo mesmo.

— Em suma, aonde é que estamos indo? — perguntei a certa altura em tom irritado.

— Chegamos — disse ele avançando até a Catedral.

— Chegamos não quer dizer nada para mim: quero saber quem quer falar comigo e onde! — trovejei, preocupado em não exprimir embaraço ou medo, mas somente o incômodo de praxe diante de tanto segredo.

— Não há nada a temer. É o cônego Podda que mandou chamá-lo — sibilou o meu guia, avançando em direção ao Seminário. Depois pôs-se de lado, deixando-me atravessar o portão. E ficou de pé na boca luminosa da porta, quase a impedir-me qualquer rota de fuga.

O religioso apareceu de uma porta lateral do amplo saguão de entrada.

— Por aqui — disse-me. O negro luzidio de seu hábito liso e a compleição robusta faziam-no parecido com uma velha foca. — Perdoe-nos a maneira — disse meloso, indicando-me um corredor semi-obscuro e estreito a tal ponto que me seria impossível abrir os braços. — Mas a pessoa à qual devo levá-lo insistiu na mais absoluta discrição.

— De mistério em mistério... — comentei.

— Oh, mistério nenhum — divertiu-se o religioso. — Só um esclarecimento. — Tinha um ar intriguista e triunfante, como o de uma criança que prometeu não revelar um segredo, mas não consegue se conter.

No final do túnel abria-se um arquinho que dava para um pequeno ádito. Duas portas fechadas, uma à direita, uma à esquerda.

— Mais um segundinho de paciência — pediu o padre, batendo na porta à direita. Entrando, voltou-se uma última vez em minha direção. — Um momento — repetiu. E desapareceu no interior do aposento.

Nesse meio tempo, dona Dolores tentava mandar dizer ao *brigadiere* Poli que não estava. Cedeu ao se dar conta de que o *brigadiere* não tinha a menor intenção de ir embora e, sem ameaçar, ao contrário, com muita aflição, dizia à criada que seria obrigado a convocá-la ao quartel. Até ela entendeu que a situação seria embaraçosa para todos. E a mulher a dizer que a patroa estava péssima, que não se reconhecia mais depois de tudo o que tinha acontecido à sua família... E o *brigadiere* a dizer, cuidando para ser bem ouvido, que compreendia, claro que compreendia, mas quando existe uma denúncia é preciso verificar. Assim, dona Dolores saiu de seu quarto. Bela com uma estátua. Negra como a noite sem lua: o rosto afilado, os olhos afilados, as mãos afiladas...

Tudo a meu redor era silêncio. Total. Absoluto. Quase como se eu tivesse acabado lá embaixo, no centro da terra. Olhei em torno, o espaço era estreito, faltava-me o ar. Quando dom Podda ressurgiu da porta fazendo-me sinal para que o seguisse, eu já quase decidira ir embora.

A peça para a qual o padre me levou era inesperadamente espaçosa. Mergulhada na semi-obscuridade. Decorada suntuosamente com móveis maciços. Algumas achas brilhavam na lareira. Dom Bartolomeo Casùla Pes estava de pé contra o quadrado de luz da boca escancarada da lareira. De perto parecia mais alto e delgado. Estava vestido à moda do campo. A cor puxada ao vinho de sua jaqueta irradiava um clarão violáceo.

— Queira me perdoar a maneira — disse sem se voltar —, mas o luto estrito obriga-me à discrição mais absoluta. O senhor compreende. É um homem do mundo — tinha um tom quente, desprovido de ironia.

— Compreendo muito bem — limitei-me a dizer.

— O cônego cuidou de avisar-me que o senhor tem informações que me dizem respeito. Que dizem respeito à minha família — corrigiu-se. Falava voltado para o fogo.

Olhei na direção do padre. Fizera-se diminuto. Tentava sumir, engolido por uma poltrona às minhas costas.

— Houve com certeza um mal-entendido por parte do cônego — tentei.

— Nada de estratégias, advogado, estamos aqui para falar às claras! — E dessa vez Bartolomeo Casùla Pes foi obrigado a se voltar. Tinha o rosto largo, pálido e barbeado. Uma calvície incipiente alongava-lhe a fronte e espacejava as sobrancelhas corvinas.

— Posso sentar-me? — perguntei sem me dirigir a ninguém em particular.

Bartolomeo Casùla Pes fez um sinal de sim abaixando as pálpebras arroxeadas.

— Disseram-me, portanto, que o senhor tem incumbências "legais" referentes à transferência de um terreno de propriedade da nossa família — retomou com um tom extraordinariamente pacato. — E isso muito me surpreendeu considerando-se que tal terreno não está à venda.

Dom Podda emitiu um grunhido de satisfação.

Tentei sorrir, eu também.

— O meu "cliente" é pessoa de toda a confiança — escandi. — Se me confiou tal encargo deve saber o que está fazendo. Talvez alguém de sua família tenha resolvido, como dizer, considerar outras hipóteses. Estamos falando de um terreno que adquire valor de ano para ano, a cidade cresce, desenvolve-se...

Dom Podda saltou arrancando para reemergir da poltrona em que estivera afundado. Avançou ofegante até colocar-se entre mim e Bartolomeo Casùla Pes.

— Diga-lhe! — ordenou, tratando-o por tu.

Bartolomeo hesitava, encarando-me com um olhar de rapina.

— O senhor pode dizer a seu "cliente" que a destinação do terreno não sofrerá mudanças — limitou-se a comunicar-me com voz impostada, mas vagamente hesitante.

— Pois bem — cortei. — Farei um relatório. De qualquer forma, era coisa dada como segura... Mas se o senhor agora confirma que mudou de idéia, nada mais me resta senão tomar conhecimento.

— Tomar conhecimento! — fez eco dom Podda, sentando-se vigorosamente.

— O senhor consideraria um ato de descortesia de minha parte pedir-lhe alguns esclarecimentos a respeito dessa que é, sem dúvida, uma ilação da qual ninguém pretende fazê-lo diretamente responsável? — perguntou Bartolomeo, tentando captar no ar as palavras justas, como se elas flutuassem diante de seu rosto.

— Descortesia nenhuma — disse eu. Decidira manter um quê de lacônico e reticente em minhas respostas.

— Presumo — retomou ele — que seja inútil perguntar-lhe a fonte direta...

— O senhor presume corretamente — interrompi. — Posso somente lhe dizer que se trata de fonte autorizada, autorizadíssima — valorizei. Queria gozar de sua reação. Dei então um passo adiante.

Dom Podda parecia sempre a ponto de dizer alguma coisa, mas a cada vez acabava por mudar de idéia.

Bartolomeo Casùla Pes mordeu o lábio inferior.

— Depois da morte de meu irmão — iniciou — aconteceram coisas que me obrigam a intervir. Eu não gostaria de fazê-lo, advogado, porque o conheço como pessoa correta, pessoa que nunca defenderia um delinqüente. O senhor sabe bem como são as coisas por esses lados: os boatos não podem ser controlados, as pessoas tomam iniciativas. Só queremos ser deixados em paz, temos um morto para chorar. Uma perda que não se pode medir. Por que o senhor quer complicar este caso, tão claro? Aquele rapaz condenou-se sozinho: se não fez nada não deveria esquivar-se da justiça.

Dom Podda assentia vigorosamente.

— Não é assim tão simples — respondi depois de alguns segundos de reflexão. Queria entender se aquele colóquio representava uma oferta de acordo ou se ele estava apenas se precavendo. — Existem provas de que Zenobi Sanna não se encontrava em Nùoro na noite de 28 de dezembro, quando foi acusado de furto.

— Provas? — perguntou Bartolomeo sem se perturbar.

— Uma fotografia — escandi, levantando-me. — Uma fotografia tirada em Galtellì por um fotógrafo ambulante.

— O mesmo que foi morto.

— Vejo que o senhor está bem informado.

— O bastante.

— Pois então o senhor se dá conta de que, se esta acusação cair, o resto está em jogo novamente.

— Nada está em jogo! Nada está em jogo! Aquele delinqüente deve acabar seus dias na prisão! Ou então...

— Ou então?

— Nós somos gente que ainda conta alguma coisa, advogado! — urrou Bartolomeo quase em falsete. As mãos tremiam-lhe.

— Isso é uma ameaça?

— Ameaça nenhuma, advogado — tentou minimizar dom Podda com o tom mais conciliador que tinha à disposição. — É melhor deixar as coisas como estão, era isso que ele queria dizer...

— Eu sei o que queria dizer — agrediu-o Bartolomeo, cujo olhar tornara-se sutil. — E o advogado também sabe que quem remexe na sujeira acaba com as mãos sujas. Jogar lama contra pessoas honestas... — comentou de si para consigo...

A senhora há de entender, estava dizendo o *brigadiere* Poli a dona Dolores, tenho obrigações às quais não posso subtrair-me por mais penosas que sejam. Veja bem, dizia, uma denúncia desse tipo, em suma, queria que a senhora estivesse ao corrente para todos os bons efeitos, bem entendido.

Dona Dolores limitou-se a dar uma olhadela rápida na carta e depois colocou-a sobre o tampo da mesa como se queimasse. As pessoas são muito maldosas, e invejosas, disse a certa altura, e depois mais nada.

De qualquer maneira estou seguro de que para a senhora não será difícil demonstrar a inconsistência dessa "ilação", dizia o *brigadiere* Poli. Dona Dolores fez uma careta de nojo com os lábios: eu não tenho que demonstrar nada, disse.

O *brigadiere* Poli fez um sinal de sim, de que ela tinha razão, mas que o silêncio não facilitava as coisas, que apesar dos pesares a tal denúncia teria que ser levada em consideração nas atas do processo e que talvez o advogado de Sanna resolvesse usá-la para lançar dúvidas sobre o caso inteiro.

Dona Dolores começou a respirar pesadamente: que dúvidas, arquejou.

Outras perspectivas, explicou o *brigadiere*, a senhora sabe como são as coisas em um tribunal.

Dona Dolores disse que não existiam dúvidas, nenhuma dúvida. Que ela, naquela tarde, não saíra de casa.

Muito bem, sorriu o *brigadiere*, então não há problema: à pergunta, a senhora há de responder que naquela tarde em Marreri não esteve.

Exato, confirmou dona Dolores.

Na sala do Seminário o silêncio ficara insuportável. Dom Podda olhava para Bustianu, o qual não parecia alguém prestes a partir: mantinha-se em sua posição, imóvel, como se esperasse os próximos acontecimentos.

— Não há mais nada a dizer — despediu-o Bartolomeo Casùla Pes. — Diga a seu informante que dessa vez ele errou o alvo.

Bustianu não se moveu.

— Há outra coisa que precisa ser dita. — Sua voz naquele aposento parecia o sussurro de um moribundo. — Entretanto, preciso falar a sós com dom Bartolomeo — acrescentou deslocando o olhar para o cônego Podda, que começara a suar copiosamente e tentava secar a testa com um lencinho cândido.

Bartolomeo Casùla Pes deu um longo suspiro, depois fez um breve sinal ao padre. Este último levantou-se com grande esforço, encarou Bustianu com um olhar cheio de angústia e aversão e deixou o aposento.

— Vou logo aos finalmentes. E como pessoa prática que sei que é, há de perdoar-me a franqueza, mas a vida de um homem me foi confiada e depende daquilo que estou para revelar.

Bartolomeo Casùla Pes começou a martirizar o próprio queixo entre o indicador e o polegar da mão direita.

— Estou ouvindo — disse.

— O senhor foi visto — retomou Bustianu. — Em Marreri, alguns minutos depois da morte de seu irmão. A informação é mantida em segredo pelas autoridades competentes. Eu mesmo estou cometendo um abuso ao revelar-lhe. É por isso que pedi uma conversa sem testemunhas.

As pálpebras de Bartolomeo fecharam-se lentamente.

— Quem? — perguntou.

— Quem não tem importância. É apenas uma questão de tempo. Assim, pensei cá comigo que se o senhor tivesse uma explicação para justificar a sua presença em Marreri haveria de preferir dá-la a mim, embora de modo extra-oficial, e não à autoridade competente, em ata e no quartel.

— E na qualidade de quê? Se é que é lícito perguntar. — A voz de Bartolomeo fazia-se cada vez mais plangente.

— Na qualidade efetiva de única pessoa capaz de ajudá-lo. E na qualidade efetiva de quem não o considera um assassino.

Bartolomeo Casùla Pes vacilou ligeiramente.

— Não podia durar. Eu não consigo. O senhor sabe o que significa desejar uma mulher mais do que a própria vida? — disse a certa altura, procurando um lugar para sentar-se. — Sabe? — tornou a perguntar, agachando-se na mesma poltrona que pouco antes fora ocupada por dom Podda. Continuou sem esperar por uma resposta. — É o que me aconteceu. Desejei-a tanto que, dia após dia, minha alma se danava. Vou dizer-lhe uma coisa que eu nunca disse, sequer em confissão: alguma vezes esperei que Cosma morresse... E quando morreu não senti nada além de uma maravilhosa sensação de liberdade. Foi isso que senti, Deus meu! — exclamou, cobrindo o rosto com as mãos.

— Não faça isso, o senhor precisa dizer tudo. Pelo senhor mesmo, por sua paz! Naquela tarde...

Por certo, se a senhora tem alguém que possa confirmar as circunstâncias..., tentou o *brigadiere* Poli.

Confirmar o quê?, agitou-se dona Dolores.

Confirmar que a senhora estava em casa naquela tarde, esclareceu o *brigadiere* Poli. E se ele pedisse uma confirmação à criada, por exemplo? Ela não poderia fazê-lo, cortou dona Dolores, naquela terça-feira eu fui acudir uma sobrinha.

A senhora tem boa memória, comentou o *brigadiere* Poli.

E dona Dolores a dizer: será difícil esquecer aquela tarde.

E como não, às vezes faço comentários tolos, mas o que quer que eu faça? Muitas vezes são as coisas tolas que nos escapam...

Bartolomeo assentiu com a cabeça.

— Fui até Marreri, mas cheguei tarde demais. Tarde demais. Tudo já tinha acontecido. Cosma estava morto. Dolores estava lá, não muito longe do cadáver. Ouvimos passos, era Sisinnia que chegava atraída pelos tiros. Dolores estava como que enlouquecida, tive que arrastá-la para um lugar abrigado. Dizia coisas sem sentido, dizia que fora obrigada a fazê-lo por nós dois, entende? Por nós dois! Ah, o quanto ela já me enlouquecera! Disse que Cosma a ameaçara, que descobrira a história de Zenobi e dos carneiros, que estava fora de si de raiva, que queria Zenobi como a um filho. Disse também que ele ameaçara devolvê-la ao lugar de onde a trouxera, para viver na miséria. Disse que se não agíssemos rápido o terreno de Convento acabaria no dote de Sisinnia. Cosma era assim, advogado. Não tinha o senso das coisas, para ele era tudo preto ou tudo branco, tudo belo ou tudo feio. Não sei o que aconteceu precisamente, sei apenas que ela pegou o fuzil dele e atirou... O que deveríamos fazer?

— Não sei, mas sei o que o senhor deve fazer agora. Há um inocente que está pagando por vocês... E dona Dolores está falando com o *brigadiere* Poli nesse exato momento...

Meu pai descrevia aquela prisão como algo incrível, surpresa igual àquela não teve nem quando lhe disseram que os astronautas tinham descido para um passeio na lua. Em sessenta e nove, porém, ele já tinha noventa anos, paz à sua alma. Um mundo de cabeça para baixo: os ricos algemados atrás do banco dos réus e o pobretão inocentado.

Dom Bartolomeo pegou doze anos e dona Dolores foi condenada a trinta.

Sisinnia renunciou a seus direitos sobre o patrimônio. E casou-se com as roupas que levava no corpo. Não levou nem um alfinete de casa. Quando Zenobi e Sisinnia casaram-se, suplicaram a Bustianu como a um santo para que fosse testemunha, mas ele não quis nem pensar: que fossem felizes o quanto pudessem e basta; que não havia necessidade dele; que era preciso virar a página; que ele só tinha cumprido com o seu dever; o que era aquilo de querer santificar os vivos!

Assim era Bustianu, que por mais que parecesse alguém sociável, na verdade era um que amava a solidão e logo se cansava da *tzarra**. E não gostava de renunciar a seus hábitos. Assim, justo na tarde da recepção, ele foi visto passando a pé em direção a' Sant'Onofrio para o seu sempre caro.

---

* Em língua sarda: confusão, conflito. (*N. da T.*)

EIS QUE CHEGA OUTRO VERÃO.

Eis-me sentado no topo do monte. Daqui tudo parece suave e dolente. Tudo retorna a uma nitidez impiedosa. Eis-me aqui ferido por tanta beleza, quase aturdido, quase aniquilado. Que essa imensidade parece impossível de contar: enormidade contra pouquidão. Sublime que me atinge o ventre e o peito. Espaço, espaço, espaço sob o meu olhar. Espaço demasiado exorbitante até para meu corpo maciço. O vale azul como única divindade à qual seria justo inclinar-se. Não fosse eu um homem e poderia chorar. E às vezes choro justamente porque sou homem. Aspiro pelas narinas e parece que todo aquele azul e aquela onda verde e aquela sinuosidade cor de palha me entram no corpo e constroem versos. Palavras como respiros e lábios que tremem, apenas aflorados pelas cores. Que essa terra é minha pena e meu gozo. Ao mesmo tempo. E me atrai e me rejeita. Ao mesmo tempo. Eu a maldigo, maldigo e em seguida adoro. Mulher cruel, mãe envolvente, amante exigente. Estéril e descomposta, largada no mar como uma mundana entre os lençóis. Boiando no meio do mar como um navio à deriva. Terra como mar. Terra como mar límpido de esmeralda e tremulante de ouro. Terra como mar aberto que conduz quem sabe aonde, quem sabe aonde. Mar que acalenta como uma mãe quente, terra que mal se altera e faz oscilar a paisagem sob o alento vítreo do calor. Estou ancorado em minha poltrona de rocha como na ponte de proa daquele barco à mercê das ondas. Imito com o tronco o seu balanço como um louco hipnotizado pela linha espumante que segue o sulco da carena, tentado a se lançar contra aquele vazio pleno. Deixar-se sustentar pelo nada cromático, fugir daquela estabilidade oscilante e entregar-se às vagas... *e il naufragar m'è dolce*...

Este livro foi composto na tipologia Goudy em corpo 11/15 e impresso em papel Chamois Fine Dunas 80g/m² no Sistema Cameron da Divisão Gráfica da Distribuidora Record.